Meinen Brüdern gewidmet

.

I castagni non fecero mai arance

italienisches Sprichwort

Eine finnische Zeit
Zwischengeschichten

Georg Gehlhoff

Eine finnische Zeit
Zwischengeschichten

Georg Gehlhoff:
Eine finnische Zeit. Zwischengeschichten
Die Geschichten in diesem Buch wurden im
Sommer 2024 geschrieben. Nur Die Uhr, Die
vergessliche Geschichte, Der Straßengänger und Der
Luftreiniger sind zu einem früheren Zeitpunkt
entstanden.
Verlag: BoD · Books on Demand GmbH,
Überseering 33, 22297 Hamburg, bod@bod.de
Druck: Libri Plureos GmbH,
Friedensallee 273, 22763 Hamburg
Dank an meine Schwestern
Coverfoto: Wieso dauerte der Prozess zwischen Jesus
und Pilatus nur zwei Minuten? von Wolf Vostell im
Museo Vostell Malpartida in Malpartida de Cáceres,
Extremadura, Spanien. Foto: © Diana Stypinski
(2007)
Satz und Umschlaggestaltung: Georg Gehlhoff
© Georg Gehlhoff. Alle Rechte vorbehalten.
ISBN: 978-3-7693-4990-0
Erstauflage: twentyventietfünf

Die Geburt

Es war einmal ein junger Student, der sprach und sprach und sprach und konnte mit seinen Worten nicht an sich halten. Seinen Mitstudenten ging er damit gehörig auf den Geist. Er selbst empfand sein Gerede vollkommen normal. An der Universität lernte er Josephine kennen, deren sehnlichster Wunsch es bald wurde, ihren neuen Freund von seinem Leiden zu kurieren. Wenn er beim Geschlechtsverkehr jedoch nicht aufhörte zu reden, setzte sie sich Ohrstöpsel ein. So konnte sie den Sex genießen, denn er war ansonsten ein guter Liebhaber. Sie fing an, auch bei anderen Gelegenheiten Ohrstöpsel zu benutzen. So gestaltete sich ihr Leben einfacher und sie liebte ihren Freund von Tag zu Tag mehr.

Um ihn endgültig an sich zu binden, wollte sie unbedingt schwanger werden. So sehr sie sich bemühte, sie wurde nicht guter Hoffnung. Sein Gerede konnte sie inzwischen partout nicht mehr ertragen. Die Ohrstöpsel setzte sie jetzt ununterbrochen ein. Josephine war hin und her gerissen zwischen ihrem Wunsch nach einer Familie, ihrem Helfersyndrom und ihrem Bedürfnis nach Stille. Ihre Freundinnen waren in großer Sorge um sie. Sie reagierte auf keinen Anruf mehr. Auch wenn man sich mit ihr traf, musste eine Freundin sie energisch am Arm packen, damit sie ihre Ohrstöpsel entfernte. Da sie die Geräusche ihrer Umwelt kaum mehr wahrnahm, erschienen ihr ohne die Stöpsel auch leise Töne sehr laut. Ihre Freundinnen mussten im Flüsterton mit ihr sprechen. Sie redeten immer wieder auf sie ein, dies sei kein tragbarer Zustand und sie müsse sich von ihrem Freund, den sie inzwischen heimlich geheiratet hatte, trennen. Davon wollte sie nichts wissen, weil sie noch immer glaubte, sie sei die Einzige, die ihren Mann heilen könne.

Viele Jahre später war er zu einem bedeutenden Politiker geworden. Seine Reden im Parlament dauerten Stunden, oft bis nach Mitternacht, wenn alle Abgeordneten endlich nach Hause wollten. Die Abstimmung ging dann ohne ausgewogene parlamentarische Aussprache in zwei Minuten über die Bühne. Die Menschen im Land waren begeistert von diesem Politiker, der es den vermeintlichen Schwätzern im Parlament mit ihren eigenen Mitteln endlich zeigte. Schließlich wurde Josephines Mann zum Bundeskanzler gewählt. Die Opposition sprach von einem schwarzen Tag für die Demokratie. Von der Kanzlergattin erwartete man ein soziales Engagement, aber es hieß, sie sei krank und ihr Mann mache sich große

Sorgen um sie. Ihr schlug eine Welle des Mitgefühls und der Sympathie entgegen. Sie zeigte sich ein paar Mal neben ihrem Gatten, reagierte aber auf keine an sie gerichtete Frage. Das verlieh ihr eine Aura der Unnahbarkeit, die sie noch beliebter machte.

Die Menschen, die ihren so bestimmt redenden Mann zunächst bewundert hatten, wurden seines Dauerschwätzens bald überdrüssig. Bei den nächsten Wahlen erlitt er eine krachende Niederlage, die er nicht zu fassen vermochte. Zum ersten Mal schwieg er. Er sagte nichts mehr. Die Worte jedoch bildeten sich weiter in seinem Kopf, drängten vergeblich nach draußen und wurden in seinem Schädel immer schwerer. Er bekam gewaltige Kopfschmerzen. Seine Frau, die ihre Ohrstöpsel seit dem Beginn seines Schweigens in der Nachttischschublade verstaut hatte, sagte, du brütest vielleicht eine Erkältung aus. Er folgte ihrem Ratschlag und legte sich ins Bett. Als sich keine Erkältungssymptome zeigten, die Kopfschmerzen jedoch unvermindert andauerten, konsultierte sie einen Neurologen, der sogar zu ihnen ins Haus kam, aber nicht weiterhelfen konnte, da Josephines Mann keinen Ton von sich gab und somit seine Symptome nicht zu beschreiben vermochte. Als die Schmerzen so übermächtig geworden waren, dass er sie nicht mehr aushalten konnte, griff Josephine unter das Bett, um die Axt hervorzuholen, die sie im Baumarkt gekauft und dort vorsorglich deponiert hatte. Sie nahm sie in beide Hände, hob sie in die Höhe und spaltete ihrem Mann mit einem gewaltigen Schrei, der halb Schrecken und halb Erleichterung war, den Schädel. Da sah sie, seine unausgesprochenen Worte hatten ein Lebewesen *geboren*. Sie legte die kleine, liebliche Tochter in ein Tuch und nähte ihrem Mann den Kopf wieder zu. Beide Eltern waren glücklich und unterhielten sich nunmehr wie normale Menschen. Die Ohrstöpsel, die Josephine so lange Zeit getragen hatte, warf sie in die Mülltonne. Der frühere Bundeskanzler wickelte das Baby in Windeln, brachte das kleine Kind später in die Kita und zur Schule und entwickelte sich ganz nebenher zu einem ausgezeichneten Vater, Hausmann und Familienkoch. Er war ungemein stolz auf seine Tochter.

Die unsichtbare Hand

Ein englischer Ökonom forschte zu Beginn des 20. Jahrhunderts über die *unsichtbare Hand*, eine Metapher, die auf den schottischen Ökonomen und Moralphilosophen Adam Smith zurückgeht und folgenden vermeintlichen Sachverhalt beschreibt: Wenn alle Akteure sich in ihrem Handeln nach ihrem eigenen Wohl richten, führt eine *unsichtbare Hand*, sprich Selbstregulierung des Wirtschaftslebens, zu einer optimalen Produktionsmenge und -qualität sowie zu einer gerechten Verteilung.

Der englische Ökonom hatte zu dieser *invisible hand* viele, viele Gedanken im Kopf, die ihm alle wichtig und wertvoll erschienen. Seine Theorien hielt er für bare Münze, mit der er in einem Geschäft seinen Einkauf hätte bezahlen können, wenn nicht seine Frau die Einkäufe getätigt hätte. Mitten im Blutbad des Ersten Weltkrieges, als Millionen Soldatenfinger auf den Abzug drückten, um die Feindkollegen auf der anderen Seite der Schützengräben ins Jenseits zu befördern, und der Wissenschaftler mit seiner Frau den Nachmittagstee einnahm, verschwand seine Hand, mit der er gerade die Teetasse hielt, d. h. die Hand war noch da, aber sie war unsichtbar geworden. Die Teetasse hing in der Luft und die

11

Frau des berühmten Mannes lachte, weil ihr die Szene komisch vorkam. Der Ökonom machte ein Gesicht, als ob er eine ungeheure Erhebung erlebe, eine solche Entdeckung habe den höchsten Wert und werde ihm die größte Ehre einbringen, erklärte er und fügte begeistert hinzu, seine kühnsten Träume hätten sich verwirklicht. Tagelang vermochte er von nichts anderem zu reden als von seiner verschwundenen Hand. Es bereitete ihm allerdings auch Vergnügen, seine Frau mit der *unsichtbaren Hand* zu erschrecken und in den Po zu zwicken, bis sie sich diese Scherze verbat. Sie widersprach ihm sonst selten.

Nach einem Monat wurde es dem Ökonomen manchmal lästig, seine Hand beim Händewaschen, beim Essen, beim Zähne putzen oder bei anderen Tätigkeiten immer erst suchen zu müssen und nach einem weiteren Monat sehnte er sich von ganzem Herzen nach seiner alten, hellbraunen Hand zurück. Ein Jahr später überschütteten bolschewikische Studenten bei einer seiner Vorlesungen seine Hand mit roter Farbe, um zum Ausdruck zu bringen, dass auch an seinen Händen Blut klebe. Der Ökonom empfand das als schlechten Scherz, den er den Roten niemals verzeihen würde. Als die Farbe sich nach gründlicher Reinigung endlich abgewaschen hatte, war die

Hand wieder sichtbar. Es war nur ein leicht rosafarbener Stich geblieben, der ihr aber gutstand. Der Ökonom fühlte sich ungemein erleichtert und musste zugeben, die sichtbare Hand war ihm weniger unheimlich, fühlte sich vertrauter an, aber das sagte er nur seiner Frau, als sie im Urlaub an der Côte d'Azur beim Abendessen mit einem Glas Bordeaux auf seinen ihm in diesen Tagen zugesprochenen Nobelpreis anstießen. Danach legten sie sich ins Bett. Er war ziemlich betrunken und wollte seiner Frau mit seinen feinen, aber vom Alkohol geschwollenen Händen an die Wäsche. Sie wies ihn energisch zurück, bis er sich auf seine Betthälfte legte und einschlief. Er träumte in der Nacht von einer *unsichtbaren Hand*, die ihm eine schmerzhafte Ohrfeige erteilte. Am nächsten Morgen erzählte er seiner Frau von dem Traum. Sie sagte mit einer gewissen Bitterkeit, die Ohrfeige hast du dir wohl verdient. Sie erklärte ihm, ich habe dir immer den Haushalt geführt und meine Hände waren dabei so unsichtbar, dass du ihre Existenz kaum wahrgenommen hast. Ich habe nie verstanden, ob deine *unsichtbare Hand*, über die du so lange geforscht hast, tatsächlich existiert oder nicht, ob sie zu etwas nütze ist oder nicht, aber wenn sie dir nach dem, was du getan hast, wenigstens im Schlaf die verdiente Strafe zukommen lässt, dann…, doch sie beendete den Satz nicht, sondern brach in ein schallendes Gelächter aus. Er aber schaute betroffen auf seine Hände, die in seinem Schoß lagen, und schwieg.

Während der nächsten drei Wochen, die sie noch an der Cote d'Azur verbrachten, sprachen sie wenig miteinander. Der Mann, der sich sonst ständig Aufzeichnungen für seine Bücher und Vorlesungen gemacht hatte, blickte auf seine Hände, als ob er sich wundere, dass sie überhaupt da seien. Er hatte die Liebe seiner Frau immer als selbstverständlich angesehen. Nun wurde ihm schmerzhaft bewusst, er konnte sie auch verlieren, wenn er sich nicht änderte. Trotz allem war er kein unverständiger Mann und auf der Zugreise zurück nach England fasste er den Entschluss, einen Gemüsegarten anzulegen, um mit seinen Händen endlich etwas anderes zu machen als nur Bücher und Zeitschriftenaufsätze zu verfassen. Seine Frau wünschte sich seit längerem eigenes Gemüse aus dem Garten, aber sie hatte natürlich daran gedacht, zu diesem Zweck einen Gärtner zu engagieren. Wie der Ökonom auf die Idee gekommen war, diese Tätigkeit selbst zu übernehmen, vermochte er im Nachhinein nicht zu sagen. Er kam sich zunächst etwas lächerlich vor bei dem Gedanken, ausgerechnet eigenes Gemüse anzubauen, und er hatte auch nur eine vage Idee, wie er dabei vorgehen müsse, trotzdem würde er sich von diesem Vorhaben nicht abbringen lassen.

Als sie wieder nach Hause kamen, nahm er sich zur allgemeinen Überraschung ein Sabbatical und machte sich an die Arbeit. Er grub die Erde um, holte die Steine aus dem Boden und warf sie auf einen Haufen, der größer und größer wurde. Er schlug Pfähle ein, befestigte einen Drahtzaun um den zukünftigen Gemüsegarten, um ihn vor tierischen Eindringlingen zu schützen; er holte Schafdung herbei und mischte ihn unter die Erde. Schließlich setzte er die Gemüsepflanzen ein – es war inzwischen Frühling geworden – und gab ihnen ordentlich Wasser, das er aus einem Brunnen am anderen Ende des Grundstücks holte. Seine Hände, die in der ersten Zeit Risse und blutige Stellen bekommen hatten, waren von der vielen Gartenarbeit schwielig geworden.

Er war Anfang Dezember, als er gerade mit dem Umgraben der Erde beschäftigt war, nach Oslo geeilt, um den Preis entgegenzunehmen, und hatte unmittelbar nach seiner Rückkehr die Gartenarbeit ungeachtet der winterlichen Kälte wieder aufgenommen. Die Frau des Nobelpreisträgers hatte ihren Mann trotz seiner offensichtlichen Fehler lieb und die Buße, die er mit solchem

Eifer tat, versöhnte sie mit ihm. Als er im Mai stolz den ersten Salat aus dem Gemüsegarten in die Küche brachte, nahm sie ihm den Salat ab und legte ihn in das Spülbecken, um ihn von der Erde zu befreien, die noch an ihm klebte. Ihr Mann lehnte am Eingang der Küche am Türrahmen und schaute ihr zu. Obwohl sie ihm den Rücken zuwandte, spürte sie zum ersten Mal deutlich, er war ein ganz anderer Mensch geworden. Die Gartenarbeit hatte ihn verändert. Sie stellte das Wasser ab, drehte sich zu ihm um, ging auf ihn zu und streichelte ihm die Wange. Es war ihre erste Berührung seit vielen Monaten. Ihre Hand war noch kalt und rau von dem Leitungswasser und doch ging eine große Wärme von dieser Hand aus, als ob er sie zum ersten Mal auf seinem Gesicht fühlte.

Einen Knall haben

Seit langem hegte ich den Wunsch, einen *Knall* zu besitzen. Ich ging also an einem schönen Herbsttag, an dem die Sonne nach mehreren trüben Tagen wieder ein bisschen schien, in die Steglitzer Schlossstraße und wollte dort nach einem passenden Modell Ausschau halten. Die Schlossstraße – für mich von meiner Wohnung aus bequem zu erreichen – ist die unbekanntere kleine Schwester der beiden anderen viel berühmteren Berliner Einkaufsmeilen, also des Kudamms und der Friedrichstraße. Ich bin kein allzu großer Fan der Schlossstraße, die zwar modern aussieht und bemüht ist, sich immer wieder auf den neuesten Stand zu bringen, aber in meinen Augen fehlt es ihr ein bisschen an einem eigenen Charakter. Eine Ausnahme bildet vielleicht das klassisch modern wirkende ehemalige Karstadt, wo ich denn auch als erstes hinging.

Die Verkäuferin, die sehr nett zu mir war und mich trotzdem etwas schräg anschaute, führte mir ihr umfangreiches Sortiment vor. Ich konnte mich nicht entscheiden bzw. fand keinen der *Knalle* wirklich überzeugend. Ich erklärte, ich müsse es mir noch einmal in Ruhe überlegen und ging in das nächste Geschäft, das diesen Artikel führte. Obwohl die Auswahl auch hier nicht gering war, gefiel mir kein *Knall* so sehr, dass ich ihn gekauft hätte. Nachdem ich mir ohne Ergebnis allerlei weitere *Knalle* in anderen Geschäften angesehen hatte, machte ich mich schließlich wieder auf den Weg nach Hause, denn es war schon spät geworden und die Straßenlichter waren angegangen an diesem nunmehr etwas kalt gewordenen Novembertag. Meine Enttäuschung war groß, nichts Geeignetes gefunden zu haben. Gerade als ich in die Straße einbog, in der ich wohnte, kam mir in den Sinn, es noch bei einem kleinen Geschäft in einer Parallelstraße zu probieren. Ich hoffte, es hatte noch auf, denn die kleinen Läden in meiner Umgebung machen meist schon eher zu als die großen Warenhäuser in der Schlossstraße. Ich hatte Glück. Eine ältere Frau, die von ihrem Tresen aufgestanden war, als sie mich vor dem Schaufenster hatte stehen sehen, öffnete mir die Tür und bat mich herein. Sie lächelte mich freundlich und zuvorkommend an und schien erfreut, dass noch ein Kunde gekommen war, denn es sei kein sehr erfolgreicher Tag für sie gewesen, wie sie mir, als sie sich wieder hinter ihren Tresen gestellt hatte, ziemlich offenherzig, aber jetzt mit etwas ernsterem Blick erklärte. Als ich ihr sagte, was ich suchte, machte sie zunächst ein langes Gesicht, bis sich ihre Miene plötzlich aufhellte, sie in einem kleinen Abstellraum im hinteren Teil des Geschäfts verschwand und nach kurzer Zeit mit einem Gegenstand zurückkehrte, den ich zunächst nicht identifizieren konnte. Sie sagte, sie habe nur dieses eine Modell, das sie vor vielen Jahren einmal zum Spaß von einem Großhändler bestellt habe. Die Verkäuferin schien hin und her gerissen zwischen einer gewissen Verlegenheit, mir einen solchen, wie es scheinen konnte, Ramsch anzubieten, und ihrer ziemlich unverhohlenen Vorfreude, dieses Ding nach so langer Zeit vielleicht endlich loszuwerden. Ich schaute mir den Gegenstand genauer an. Er war unförmig und verstaubt und sah gar nicht wie die anderen Modelle aus, die ich in der Schlossstraße gesehen hatte. Ist das wirklich ein *Knall*, fragte ich die alte Verkäuferin. Ich weiß, erwiderte sie und hatte inzwischen den Wedel gefunden, mit dem sie den *Knall* von seiner Staubschicht befreite, heute sehen *Knalle* ganz anders aus, aber Sie müssen bedenken, als ich das Teil in mein Sortiment aufgenommen habe, stellte man sich einen *Knall* ganz anders vor als heute. Heutzutage ist ein *Knall* nichts Außergewöhnliches mehr, damals galt er als eine Seltenheit, selbst wenn es auch zu jenen Zeiten schon eine ganze Reihe von Anbietern gab, die *Knalle* herstellten und vertrieben. Trotzdem war ein *Knall* ein Nischenprodukt und er war auch nicht jedermanns Sache. Heute ist es ganz normal, sich einen *Knall* ins Wohnzimmer zu stellen.

Während die alte Frau mir all dies erzählte und versuchte, mir ihren einzigen *Knall*, den sie als Ladenhüter im Angebot hatte, mit vielen Worten schmackhaft zu machen, hatte ich angefangen, das Teil näher zu betrachten. Eigentlich sah es, vom Staub befreit, gar nicht mehr so hässlich aus, wie es mir zunächst erschienen war. Dieser Retroflair, den es besaß, gefiel mir mehr und mehr, auch weil die immer redefreudiger werdende Verkäuferin mir jetzt im Detail darlegte, was für ein hochwertiges Objekt man, obwohl es noch keinerlei Software für den Entwurf eines solchen Produkts gegeben habe, schon damals herstellen konnte. Mit einem Wort: Nach einigem Hin und Her kaufte ich den *Knall*. Er war nicht billig und die Verkäuferin war nicht bereit, mir einen Skonto zu gewähren, weil sie sich, wie sie sagte, doch ungern von dem guten Stück trenne. Sie schien sich irgendwie rechtfertigen zu wollen, dass sie von mir einen, wie ich fand, fast übertriebenen Preis verlangte. Wie konnte sie außerdem an dem *guten Stück*, wie sie es nannte, hängen, wenn sie es offenbar seit Jahren in ihrer Kammer vergessen hatte? Vielleicht war sie aber auch in Geldnöten und brauchte jeden Cent, um ihr Geschäft am Leben zu erhalten. Trotz dieses leicht unguten Gefühls war ich der Frau sehr dankbar, dass sie diesen Tag doch noch zu einem Erfolg für mich gemacht hatte. Wollen Sie auch eine Tüte haben, fragte sie in ihrem freundlichen Verkäuferton. Ja, gerne, erwiderte ich. Bewahren Sie die Tüte gut auf, meinte sie, man kann *Knalltüten* immer zu etwas gebrauchen. Sie lächelte zufrieden, als ich ihr die Geldscheine auf den Tresen legte. Sie überreichte mir die Tüte und steckte noch schnell den Kassenbon hinein. Wir gaben uns die Hand. Beehren Sie mich gerne wieder, sagte sie zum Schluss, einen etwas altmodischen Ausdruck verwendend, der gut zu ihrem ganzen Geschäft passte. Ich dachte bei mir, solche Läden gibt es noch ein paar in meinem Viertel, aber sie haben es schwer gegen die übermächtige Konkurrenz in der Schlossstraße. Ich wünschte der alten Frau weiterhin gute Geschäfte, lächelte ihr ein letztes Mal zu und schritt mit der Tüte in der linken Hand zufrieden mit mir selbst und mit der Welt aus dem Laden: Endlich hatte auch ich einen *Knall*.

Die Platzreservierung

Martin hat einen reservierten Zugplatz, aber auf seinem Platz sitzt bereits jemand, der genau die gleiche Reservierung hat. Der Zug ist sehr voll und Martin muss die lange Fahrt im Stehen verbringen. Er ist eigentlich ein verwöhnter und erfolgreicher Mann, der bisher immer Glück gehabt hat im Leben. Er reist auch Erste Klasse, aber da er sich viel beschwert über dieses Missverständnis, wird er schließlich aus dem Zug geworfen, steht spät am Abend auf dem Gleis eines ihm unbekannten Bahnhofs und kommt nicht weiter. Es gibt ein Hotel direkt neben dem Bahnhof. An der Rezeption lässt Martin freundlicherweise einer Frau den Vortritt, die ihm das letzte Zimmer wegschnappt. So viel Pech ist er nicht gewohnt und er sitzt die ganze Nacht auf einer Bank im Bahnhof. Es ist bitterkalt und am nächsten Morgen hat Martin einen schweren Husten. Er will ein neues Ticket kaufen und nach Hause fahren. Vor ihm in der Schlange zahlt ein anderer Mann mit der Kreditkarte, die eigentlich Martin gehört. Als Martin ihn zur Rede stellt, kann der andere nachweisen, dass es seine Kreditkarte ist. Martin gerät außer sich. Ein Polizist verlangt, seinen Personalausweis zu sehen. Martin kann sein Pech nicht fassen. Von der Polizei ist er noch nie kontrolliert worden. Er hat auch kein Bargeld dabei, weil er das für unmodern hält. Er will mit seinem Handy sein Büro anrufen, aber in dem Moment klingelt sein Handy mit einer charakteristischen Melodie am anderen Ende des Bahnhofs. Martin eilt dorthin, aber die Frau, die sein Handy hat und die die Frau ist, die ihm das Hotelzimmer weggeschnappt hat, ist bereits auf und davon, als er zu der Stelle kommt, wo sie soeben noch gestanden hat. Martin flucht so laut, dass der Polizist ihn diesmal mit auf die Bahnhofswache nimmt. Martin ist aufgeregt und erzählt seine unglaubliche Geschichte. Der Polizist wird noch misstrauischer. Er kontrolliert nochmal den Personalausweis von Martin und traut seinen Augen nicht, denn jetzt steht auf dem Ausweis ein anderer Name. Es stellt sich heraus, Martin besitzt zwei Personalausweise mit dem gleichen Geburtsdatum und dem gleichen Foto. Der Polizist überprüft die beiden Ausweise in seinem Computer und sie sind beide echt. Martin behauptet, er heiße Martin und habe von dem anderen Mann noch nie etwas gehört. Wie denn dann der zweite Ausweis in sein Portemonnaie gekommen sei, will der Polizist wissen. Das könne er sich auch nicht erklären, sagt Martin. Der Polizist, der merkt, dass Martin sich in einer seelischen Notlage befindet und eigentlich Unterstützung braucht, fragt, ob denn jemand bezeugen könne, dass er Martin sei. Meine Frau, sagt Martin. Die aber besitzt kein Handy und ist erst abends auf dem Festnetz zu erreichen, da sie gerade auf Dienstreise ist. So lange steckt der Polizist Martin dann doch lieber in die Zelle, denn diese ganze Geschichte ist ihm nicht geheuer. Er gibt dem Gefangenen aber wenigstens ein starkes Hustenmittel, das er noch in seiner Schreibtischschublade hat. Am Abend ruft er Martins Frau an. Es meldet sich aber ein fremder Mann, der seinerseits vorgibt, Martin zu sein. Er hat auch die gleiche Stimme wie Martin und die gleiche Art sich auszudrücken. Der Polizist versteht nur noch Bahnhof. Er lässt Martin mit dem anderen Martin reden. Dieser sagt, ach du bist es und er nennt den Namen des anderen Personalausweisinhabers. Der Polizist ist jetzt vollkommen verwirrt und schafft es gerade noch, eine Streife zu diesem anderen Martin zu schicken, die dessen Identität bestätigt.

Sie sind also der andere, sagt der Polizist schließlich, und nennt den spanischen Namen des anderen. Bin ich nicht, sagt Martin, und ich kann auch gar kein Spanisch. Vorsichtshalber sperrt der Polizist ihn wieder in die Zelle ein. Am nächsten Morgen bittet Martin, dessen Husten dank der

Hustenmittel schon etwas besser geworden ist, den Polizisten, seine Frau auf der Arbeit anrufen zu dürfen. Sie erlaubt ihm das nur in einem absoluten Notfall. Es meldet sich aber eine andere Frau mit der Stimme der Frau aus dem Hotel. In dem Moment klingelt bei der Frau das Handy mit der Melodie von Martins Handy. Martin schreit die Frau an, was das solle, aber der Polizist entreißt ihm den Telefonhörer und entschuldigt sich für das Verhalten von Herrn spanischer Name. Als die Frau diesen Namen hört, schreit sie auf, das ist der Name meines Mannes, der vorgestern gestorben ist. Die Frau bricht in Tränen aus und der Polizist kann minutenlang nicht mit ihr sprechen. Als sie sich beruhigt hat, fragt er, ob ihr Mann am soundsovielten und dort und dort geboren sei. Sie bestätigt. Sie ist nicht meine Frau, brüllt Martin, sonst hätte sie mich doch erkannt, als sie mir vorgestern an dem Bahnhofshotel das letzte Zimmer vor der Nase weggeschnappt hat. Was sagen Sie zu dieser Aussage, fragt der Polizist die Frau. Wie soll das möglich sein, erwidert die Frau empört, wenn ich vorgestern den ganzen Tag am Sterbebett meines Mannes gesessen habe? Der Polizist versucht es ein letztes Mal: Haben Sie denn die Stimme ihres Mannes am Telefon nicht erkannt? Die Frau zögert mit einer Antwort, bis sie erwidert, ich bin noch so benommen von dem Tod meines Mannes, dass ich nicht genau darauf geachtet habe, aber jetzt, wo Sie es sagen, ein bisschen klingt seine Stimme wie die meines verstorbenen Mannes, aber auch anders, als ob er aus einer anderen Welt komme. Bei diesen Worten fängt sie wieder an zu weinen. Ich bin kein Toter, brüllt Martin. Der Polizist sperrt ihn erneut in seine Zelle. Wie sah ihr Mann denn aus, fragt der Polizist die Frau am Telefon, als er aus dem Zellentrakt zurückgekehrt ist. Sie gibt eine deutliche Beschreibung und schickt per WhatsApp die Heiratsurkunde, viele gemeinsame Urlaubsfotos und die Sterbeurkunde. Es ist eindeutig Martin, der auf den Fotos zu erkennen ist.

Martin ruft aus seiner Zelle, er wolle noch einmal kurz mit der Frau sprechen. Der Polizist zögert, aber Martin hat sich offenbar beruhigt und der Polizist gibt ihm das Telefon. Mit der Frau spricht Martin plötzlich in einem akzentfreien Spanisch, was der Polizist mit einem resignierten Lächeln zur Kenntnis nimmt. Martin hatte dem Polizisten ja zuvor gesagt, er könne diese Sprache nicht. Ob sie jedoch in einem vertrauten Ton miteinander sprechen, kann der Polizist, der eigentlich über eine langjährige Erfahrung in seinem Beruf verfügt, nicht eindeutig feststellen. Er nimmt Martin das Telefon schließlich ab und legt auf.

Da Martin in der Nacht in seiner Zelle immer wieder ausfällig wird, kommt er in eine psychiatrische Klinik, wo er starke Beruhigungsmittel erhält, die seinen Kopf vernebeln. An guten Tagen ist er Martin, an schlechten Tagen ist er der Spanier, aber mit der Zeit scheint er sich mit seiner doppelten Identität abgefunden zu haben. Als er entlassen wird, geht er zu der Frau, deren Mann vor einigen Monaten verstorben ist und sie leben glücklich miteinander, aber ob Martin ihr verstorbener Mann ist oder nicht, kann sie nicht mit Bestimmtheit sagen. Gelegentlich geht Martin auch zu seinem anderen Haus und schaut Martin zu, wie er mit seiner Frau im Garten sitzt.

kill your darlings

Es hatten sich fünf Bewerber für den Schreibkurs in der Schreibschule qualifiziert. Der neue Lehrer Mario Stefanini begrüßte die Teilnehmer und bat sie als erstes, einen kleinen Text mit dem zu verfassen, was ihnen gerade durch den Kopf gehe. Die angehenden Schriftsteller kannten solche Übungen bereits und machten sich an die Arbeit. Der Kurs fand im Kaminsaal der Schreibschule statt und da es Anfang Januar war, brannte ein Feuer im Kamin, so dass alle sechs Personen im Raum sich wunderbar warm fühlten. Viele der Teilnehmer – es waren vier Frauen und ein Mann – schrieben darüber, wie sie den Jahreswechsel verbracht hätten und nach etwa einer halben Stunde sammelte Mario – man duzte sich bereits, wie es in solchen Kursen üblich war – die Blätter ein, las sie flüchtig durch und warf sie in den Kamin, wo sie rasch verbrannten. Die Studenten schauten den Lehrer erstaunt an, wagten aber zunächst nicht, etwas zu sagen. Mario ging in keiner Weise mehr auf diese *Morgenblätter*, wie er sie genannt hatte, ein, sondern besprach mit den Studenten allgemeine theoretische Fragen der Literatur und des Schreibens. Auch am nächsten Tag landeten die *Morgenblätter* fast unmittelbar im Kamin. Eine der Schülerinnen stand auf und fragte, was das zu bedeuten habe. Der Lehrer runzelte die Stirn und schien zunächst unentschlossen, ob er auf die Frage eingehen solle oder nicht. Schließlich räusperte er sich und erklärte: Die *Morgenblätter* dienen nur der Lockerung und ihr Inhalt ist vollkommen irrelevant. Ja, es ist sogar kontraproduktiv, sich mit dem Inhalt dieser Blätter zu beschäftigen, denn er lenkt von den eigentlichen Themen ab, mit denen wir uns zu beschäftigen haben. Reicht dir diese Erklärung aus, fragte der Dozent die Studentin. Sie nickte leise mit dem Kopf und schien über seine Antwort etwas verwundert. Mit der Zeit gewöhnten sich die Studenten daran, dass ihre Morgengedanken, die ihnen manchmal doch aufhebenswert erschienen, jeden Morgen wieder im Kamin landeten.

Nach einer Weile hatten die Studenten ihre erste Zwischenprüfung zu bestehen. Sie hatten sechs Stunden Zeit, um eine kleine Erzählung zu verfassen. Mit dem Ergebnis waren die meisten von ihnen sehr zufrieden. Der Lehrer schien seine Schüler während der Prüfung genau zu beobachten und die Studenten waren gespannt, was er zu ihren Arbeiten sagen werde. Doch er sprach diese Texte, in die die Studenten doch einiges Herzblut gesteckt hatten, nicht wieder an. Als eine der Studentinnen die Papiere wenig später zerrissen in der Papiertonne fand, verlangten die Studenten erneut eine Erklärung von ihrem Lehrer. Unter anderem wollten sie wissen, wie er ihre Arbeiten zu benoten gedenke, wenn er sie vielleicht nicht einmal gelesen habe. Der Lehrer schien irritiert von diesen Fragen und der ganzen Aufregung um diese Sache und antwortete nur: Ich habe bereits beim letzten Mal auf eure Fragen geantwortet, aber ich hatte ja gemerkt, ihr habt sehr viel von euch selbst in eure Texte gesteckt. Ich musste dazu nur euren Gesichtsausdruck beobachten, während ihr schriebt. Es ist enorm wichtig in der Literatur über sich selbst Bescheid zu wissen, um seine eigene Biografie als Minenbergwerk für seine eigenen Texte zu nutzen, *but it is even more important to kill your darlings*, also das wegzukürzen, an dem man besonders hängt. Das zu Autobiografische, das zu Persönliche macht einen Text oft schlechter, als er eigentlich sein müsste, denn das ganz Persönliche spricht nur zu einem selbst, aber nicht zum Leser und auf den kommt es schließlich an. Das ist das Wesentliche, was ich euch beibringen will. Als ihr während der Prüfung so selbstverliebt geschaut habt, habe ich begriffen, ihr hattet dieses Prinzip *Kill your darlings* noch nicht verstanden. Im Übrigen habt ihr alle die Note sehr gut erhalten, denn ich merke, ihr seid auf dem richtigen Weg, auch wenn ihr ihn noch nicht klar seht.

Die Studenten waren immer noch aufgebracht von der Tatsache, dass ihr Dozent ihre Zwischenprüfungen einfach entsorgt hatte. Sie fanden, das sei ein respektloses Benehmen, das sie nicht verdient hätten. Sie trafen sich nach der Stunde, um die Angelegenheit zu besprechen. Drei von ihnen waren der Meinung, sie sollten zum Direktor der Schreibschule gehen und sich über Mario beschweren. Der männliche Student wollte nicht wirklich Stellung beziehen, aber die vierte Studentin, die auch die war, die am Anfang gegen das Verbrennen der *Morgenblätter* protestiert hatte, erklärte, sie habe viel nachgedacht über den Lehrer und seine Unterrichtsmethoden. Persönlich habe sie viel gelernt von ihm und ihre eigenen Texte, die am Anfang noch unsicher und stereotyp gewesen seien, würden jetzt wesentlich mehr ihre inneren Gedanken widerspiegeln bzw. hätten eine eigene Sprache gefunden, mit der sie sich sehr wohl fühle und an der sie weiterarbeiten und feilen wolle. Im Übrigen habe Mario in seiner Rede in wenigen Worten zusammengefasst, worauf es beim Schreiben ankomme. Und das finde sie großartig. Das Plädoyer der Studentin war so leidenschaftlich und gleichzeitig in so ruhiger Art vorgetragen, dass man nach kurzer Diskussion beschloss, man würde nicht zum Direktor gehen. Auch wenn Marios Unterricht immer etwas schroff blieb, so hatte sich die Haltung der Studenten ihm gegenüber doch von diesem Moment an geändert und sie waren fast überrascht, als Mario die Entwürfe für ihre Abschlussarbeit mit vielen kleinen, aber präzisen Anmerkungen zurückgab. Alle fünf Absolventen zählten im Laufe der Jahre zu den besten und erfolgreichsten Schriftstellern, die die Schreibschule je hervorgebracht hatte. Marios Vertrag jedoch wurde nicht verlängert, denn es hatte sich herumgesprochen, er sei ein schwieriger Lehrer, mit dem nicht gut Kirschen essen sei.

Mein Spiegelbild

Ich werde älter und älter und meine Haare und meine Bartstoppeln sind schon ganz weiß geworden. In meinem Gesicht habe ich Falten, über meinen dicken Bauch will ich gar nicht reden. Mein *Spiegelbild* ist das genaue Gegenteil von mir: Es ist jung und hübsch, hat rote Bäckchen im Gesicht von der Radtour über die Pyrenäen, die es gerade gemacht hat, und scheint überhaupt bei bester Gesundheit zu sein, während ich mir Sorgen mache, meine Leibesfülle könnte mir bald Herzprobleme bereiten.

Wenn ich morgens in den Spiegel schaue, lacht mich das *Spiegelbild* regelmäßig aus. Vor ein paar Tagen hat es mich einen *alten Sack* genannt. Ich bin empört und schaue das *Spiegelbild* tagelang nicht an. Als ich doch wieder ins Bad gehen muss, um mir meinen weißen Bart zu trimmen, lacht das *Spiegelbild* mich wieder frech an und meint, reagierst wohl immer noch empfindsam, wenn man dir die Wahrheit sagt. Ich bin so erbost über diese Bemerkung, dass ich mit der Faust auf den Spiegel haue. Augenblicklich ist das *Spiegelbild* verschwunden. Ich sehe nur noch mein eigenes Bild eines gealterten Mannes, der mich verzweifelt und voller Scham und Reue für seine Geste anblickt. Dass mein *Spiegelbild* nicht mehr da ist, versetzt mich in Panik. Trotz allem ist es all die Jahre ein lieber und treuer Begleiter gewesen, der für mich bei allem Spott, den er über mich ergießt, doch wie der Sohn gewesen ist, den ich nie gehabt habe. Immer wenn Kolleginnen oder Freunde von ihren Kindern sprechen, hole ich dieses Ich von einst hervor, um wenigstens ein bisschen mitreden zu können. Das *Spiegelbild* mag es allerdings nicht, wenn ich mit ihm prahle oder es als Alibi verwende, um mein Fortpflanzungsversagen zu kaschieren.

Seit Tagen zeigt sich das *Spiegelbild* nicht mehr, wenn ich ins Bad gehe. Einerseits empfinde ich darüber eine fast diebische Freude, weil mein *Spiegelbild* es wirklich zu weit getrieben hat und ich eigentlich für den Rest meiner Tage nichts mehr mit ihm zu tun haben möchte. Andererseits bin ich in großer Sorge um es und beschließe schließlich nach langem Überlegen, in den Spiegel zu steigen, um mich auf die Suche nach ihm zu begeben. Ich habe in meinem Kleiderschrank noch ein T-Shirt und eine Jeans aus der damaligen Zeit aufbewahrt, aber als ich versuche, die beiden Kleidungsstücke anzuziehen, platzt das T-Shirt am Rücken und die Jeans sind so eng, dass ich mir den Hodensack zerdrücken würde, wenn ich sie auch nur noch eine Sekunde länger anhätte. Ich ziehe also wieder meine normalen Sachen an und begebe mich in den Spiegel. Ich habe nicht die geringste Ahnung, was mich erwartet.

Kaum war ich in dem Spiegel drin, war ich wieder der junge Mann von einst. Ich hatte keinen Bauch, meine Haare waren blond. Ich fühlte mich leicht und voller Tatendrang. Ich sah das Studentenzimmer, in dem ich mit meiner Freundin gewohnt hatte. Sie kam gerade zur Tür herein. Sie musste geduscht haben, denn sie trug ein großes Badetuch um ihren Körper, und sah verführerisch aus. So sehr ich mich erinnern konnte, dass wir oft schönen Sex miteinander gehabt hatten, so sehr musste ich in diesem Moment an unsere schmerzhafte Trennung denken, als sich unsere Lebenswege nach dem Studium als nicht kompatibel erwiesen hatten. Was hast du, fragte mich Maria mit mitfühlender Stimme, kam auf mich zu und umarmte mich. Ich spürte ihren warmen, weichen Körper und entsann mich, wie oft ich sie schon beim ersten Aufwachen begehrt hatte, aber bei dem Gedanken, dass dieses Glück schon lange vorbei war, kamen mir jetzt die Tränen. Maria streichelte mein Haar und küsste mich liebevoll auf die Wange. Ich beruhigte mich etwas. Ich sagte, ich bin auf der Suche nach jemandem. Wem denn, fragte mich Maria überrascht und entfernte sich etwas von mir. Ein Blitz des Misstrauens zuckte durch ihre Augen. Hast du wieder eine andere? Ich hatte in jener Zeit, aber es war schon zwei Jahre her, einen One-Night-Stand mit einer anderen Studentin gehabt und Maria hatte daraufhin eine Eifersucht entwickelt, die bei jedem kleinsten Anlass wieder aufflackerte. Ich erwiderte, ich suche nach meinem alten Ich und wollte gerade ansetzen, ihr die ganze Wahrheit zu sagen, doch sie ließ mich nicht aussprechen, sondern zischte mich an, du hast also wieder einen deiner Psychotrips. Lass mich bloß in Ruhe damit. Ich schwieg. Maria stand auf und drehte mir ihren Rücken zu, während sie sich anzog. In meinem Kopf hörte ich ein höhnisches Lachen. Ich wusste, es war mein altes Ich, das sich wieder bemerkbar machte. Unter normalen Umständen hätte mich dieser Hohn arg getroffen, aber jetzt freute ich mich wie ein Schneekönig über dieses Lebenszeichen von meinem *Spiegelbild*. Einen Moment später war es jedoch wieder still in mir. Ich rief zu meinem alten Ich, es solle mir etwas sagen, aber es schwieg.

Maria war inzwischen aus dem Zimmer gegangen und hatte sich wohl in die Küche begeben, um sich einen Kaffee zu machen. Ich folgte ihr nach einem kurzen Moment. Zu meinem Erstaunen saß ich bereits am Küchentisch. Als ich mich hereinkommen sah in die Küche, lächelte ich mich verschmitzt an. Ob Maria sich gewundert hatte, dass sie mich auch in der Küche angetroffen hatte, konnte ich nicht erkennen, aber ihre Eifersucht schien sich beruhigt zu haben, jetzt, wo sie verstanden hatte, nach wem ich suchte. Sie sah uns an, als ob es das Natürlichste auf der Welt sei, dass wir zwei Ichs waren. Ich fragte mich, ob ich auch einen Kaffee wolle. Ich bejahte. Mein altes Ich schaute mich an, als ob wieder alles eitel Sonnenschein sei zwischen uns. Ich blickte mich an: Diese kurze Konfrontation mit Maria, mit meinem alten Leben hatte mir klargemacht, auch ich hatte zu jener Zeit keineswegs sorgenlos gelebt. Meine Selbstzweifel, meine Schuldgefühle waren damals viel größer gewesen. Ich entsann mich, wie unruhig und voller Selbsthass ich in jenen Studententagen oft gewesen war. All dieses Wiedererkennen lag in diesem tiefen Blick, den ich mir zuwarf. Eine Welle der Erleichterung, ja des Friedens, aber auch der Trauer, die ich endlich zuließ, ging durch meinen ganzen Körper. Während ich die Tränen kaum zurückhalten konnte, lächelte ich mich an, dass ich mir keine Sorgen machen solle. Ich muss mich mit Augen voller Dankbarkeit angesehen haben. Auch Maria schaute uns an. Sie konnte sich offenbar nicht entscheiden, wen von uns sie lieber mochte, aber sie war sichtlich glücklich, uns einen Moment lang beide haben zu können.

Als ich am nächsten Morgen in meinem alten Schlafsack auf dem Boden liegend aufwachte, sah ich Maria und mich selbst friedlich in unserem Bett schlafen. Ich rollte den Schlafsack zusammen und schlich mich aus dem Zimmer, ohne dass die beiden aufgewacht wären. Mir wurde in dem Moment klar, ich hatte keinerlei Anrecht gehabt, so einfach in Marias und meine Vergangenheit einzudringen. Mit einem leichten Schuldgefühl, von dem ich wusste, es würde sich auch wieder legen, denn wir hatten trotzdem einen sehr schönen Tag miteinander verbracht und Maria und ich hatten mich am Abend zu einem Italiener eingeladen, der eigentlich über ihre finanziellen Verhältnisse als Studenten ging, aber sie hatten mir zeigen wollen, wie sehr sie sich durch meinen Besuch geehrt fühlten; mit einem leichten Schuldgefühl also, aber auch mit einem Herzen, das durch diese Begegnung einen großen Schatz in sich wiederentdeckt hatte, den ich aus dummer Empfindsamkeit heraus fast für immer aufgegeben hätte, ging ich ins Bad und kehrte durch den Spiegel in die Gegenwart zurück.

Der Dschungelspielplatz

Fast am Teltowkanal ist ein *Kinderspielplatz* mit Palmen, Giraffen und anderen Tieren aus Holz. Eigentlich ist der kleine Cem nur glücklich, wenn er nachmittags auf diesem *Kinderspielplatz* spielen kann. Es ist nicht mehr weit bis zu den Sommerferien, aber Cem muss noch einige wichtige Klassenarbeiten schreiben. Er hat Schwierigkeiten in der Schule. Sein Vater ist vor drei Jahren in die Türkei zurückgekehrt. Die Mutter muss den ganzen Tag arbeiten. Wenn sie ihrem Sohn am Abend sagt, er solle noch seine Hausaufgaben machen, und sich zu ihm setzt, ist sie oft gereizt.

Als der kleine Junge eines Tages wieder auf dem *Kinderspielplatz* ist, trifft er einen schon älteren Mann mit kurzen Hosen und einem langen zerzausten Bart. Der Mann ist ganz braungebrannt und wirkt trotz seines Alters sehr sportlich. Er muss von weit her kommen, denkt sich der Junge, denn dieses Jahr hat es in Steglitz bisher wenig Sonne gegeben. Der kleine Junge fragt also den Mann, woher er komme, und der Mann sagt, ich wohne hier.

Was heißt, hier?

Na, hier in diesem Dschungel.

Dies ist ein *Kinderspielplatz.*

Soll ich dir den Dschungel zeigen?

Meine Mama hat gesagt, ich soll nicht mit fremden Männern mitgehen.

Wenn du mir nicht vertraust, kann ich dir auch nicht helfen.

Der kleine Junge ist neugierig. Er folgt dem Mann in den Dschungel. Dieser zeigt ihm, wie man auf eine Kokospalme steigt. Er spaltet die Frucht mit einem großen Messer, das er an seinen Lenden befestigt hat. Sie trinken die frische wohltuende Kokosmilch und essen das weiße Fleisch, das Cem noch nie in seinem Leben gegessen hat. Dann steigen sie auf den Rücken der Giraffe und lassen sich von ihr durch ganz Steglitz tragen, was in der Schlossstraße für einiges Aufsehen sorgt. Schließlich verirren sie sich noch in dem Dschungel und nur die Schimpansen auf den Bäumen weisen ihnen den Weg zurück in die normale Welt. Sie setzen sich auf den Stamm eines umgefallenen Urwaldbaumes und der Mann erzählt dem Jungen lauter unglaubliche Geschichten aus seinem Dschungelleben. Cem hängt an seinen Lippen. Der Mann ist in kurzer Zeit wie ein Großvater für ihn geworden und er fühlt sich mit ihm wohl wie schon seit langer Zeit nicht mehr. Es macht auch nichts, dass der Mann blond ist und kein Türkisch spricht.

An der Schule hat Cem vor allem Probleme mit Mathematik und Deutsch. Sein Vater hat, weil er selbst Zahlen für etwas Überflüssiges hielt, ihn oft gehänselt, als Cem bis zehn zählen sollte. Darüber geriet der kleine Junge immer fürchterlich in Wut. Als der Vater wegging, fühlte er sich erst recht verloren und konnte sich Zahlen nicht mehr merken. Der neue Großvater, der irgendwie zu spüren scheint, dass Zahlen bisher nicht unbedingt Cems Freunde gewesen sind, legt zehn Kokosnüsse vor ihn auf den Sand, schreibt mit weißer Farbe von einem Stift, den er aus seinem alten zerschlissenen Rucksack gezaubert hat, jeweils eine Zahl von eins bis zehn auf die braunen Kokosnussschalen. Mit diesen nummerierten Kokosnüssen erklärt der Mann Cem die Mathematik. Es ist, als ob jemand ein lange verschlossenes Tor weit geöffnet habe. Die *Kokosnusszahlen* strömen in Cems Kopf und verscheuchen all die Ängste, die sich dort seit Jahren eingenistet haben. Zahlen waren etwas Abstraktes, das kein Leben hatte. Sie waren tote Materie, mit der Cem nichts zu tun haben wollte. *Kokosnusszahlen* aber sind etwas Lebendiges. Man kann sie anfassen. Die *Kokosnusszahlen* schaffen Ordnung in seinem Kopf. Alles hat jetzt seinen Platz. Obwohl er ein Junge ist, fängt Cem an zu weinen, aber es sind Tränen des Glücks.

Als Cem aufhört zu weinen, ist der Mann verschwunden, und auch die Kokosnüsse liegen nicht mehr vor ihm auf dem Sand, aber er sieht sie mit großer Deutlichkeit vor seinen Augen. Als der Junge nach Hause zurückkehrt und seiner Mutter alles erzählt hat, glaubt sie ihm kein Wort. Sie weiß, ihr Sohn hat eine lebhafte Fantasie. Am nächsten Tag schreibt Cem seine Mathematikarbeit. Normalerweise fühlt er sich vor diesen Rechenaufgaben wie das Kaninchen vor der Schlange, aber jetzt sieht er überall *Kokosnusszahlen*. Als der Lehrer ihm nach ein paar Tagen die Arbeit zurückgibt und sagt, er habe als Einziger keinen einzigen Fehler gemacht, kommen dem Lehrer, der sonst immer steif und korrekt ist, die Tränen. Vor der ganzen Klasse umarmt er Cem, der sein eigenes Glück kaum fassen kann. Nur das Rasierwasser seines Lehrers riecht fürchterlich.

Cems Mutter, die in einem Drogeriemarkt arbeitet, wird erst am Abend zuhause sein, aber Cem hat ein riesengroßes Bedürfnis, seinen Erfolg mit einem ihm vertrauten Menschen zu teilen. Er geht zum *Spielplatz*, aber Großvater ist nirgends zu sehen. Cem sucht und sucht nach ihm, bis er es aufgibt und sich traurig auf den Baumstamm setzt, auf dem sie beim letzten Mal gesessen haben, aber diesmal sieht der Baumstamm wie eine gewöhnliche grüne Parkbank aus. Vielleicht, denkt sich Cem, hat sich Großvater versteckt, weil er mit mir spielen will, und befindet sich unterhalb der Bank, auf der ich gerade sitze. Ganz aufgeregt schaut Cem unter der Bank nach: Zu seinem Erstaunen liegt dort tatsächlich der Rucksack von Großvater. Cem holt ihn hervor und riecht an ihm. Ja, er riecht nach dem Mann mit dem langen Bart, den er Großvater nennt. Cem traut sich kaum, in den Rucksack hineinzuschauen, weil es ja nicht seiner ist, aber er muss unbedingt wissen, was mit Großvater passiert ist und wirft schließlich doch einen Blick hinein. In dem Rucksack befindet sich nur der weiße Stift, mit dem der Mann die Zahlen auf die Kokosnüsse gemalt hat, und ein altes Buch. Es ist das *Dschungelbuch* von Rudyard Kipling. Der Junge betrachtet es mit Misstrauen. Sein Vater hat ihm immer gesagt, Lesen sei nichts für einen Jungen. Lesen verweichliche das männliche Geschlecht nur. Das Einzige, was zähle, sei die Tat, auch wenn der Vater in Wahrheit mit seinen Männerfreunden vor allem *Tavla* gespielt hat. Cem ist einige Zeit auch fasziniert gewesen von diesem Spiel, das die Deutschen Backgammon nennen, aber in diesem Moment möchte er vor allem seinem Großvater von seinem Schulerfolg erzählen und noch mehr

Geschichten über den Dschungel von ihm hören. Cem schaut sich das Buch, das er noch immer in den Händen hält, genauer an. Vielleicht heißt sein Großvater ja Kipling und dieses Buch ist die Schilderung seiner Abenteuer. Neugierig geworden, klappt Cem das Buch auf und fängt an zu lesen. Schon nach den ersten Zeilen riecht er den Dschungel.

Als seine verzweifelte Mutter, die ihren Sohn nicht zuhause vorgefunden hat, ihn um neun Uhr abends endlich auf der Parkbank findet, hat er den Roman gerade zum zweiten Mal ausgelesen. Die Mutter will ihm eine Ohrfeige geben, aber er schaut sie mit so verwandelten Augen an, dass sie ihn stattdessen an ihr Herz drückt. Er sagt, Großvater sei heute nicht dagewesen, aber er habe seinen Rucksack hiergelassen, in dem sich dieses Buch über seine Abenteuer im Dschungel befunden habe. Als Cem nach dem Rucksack greifen will, der neben ihm auf der Bank gelegen hat, ist er verschwunden. So wie Mutter nicht an den Großvater glaubt, glaubt sie auch nicht an den Rucksack, auch wenn Cem ihn ihr in allen Einzelheiten schildert. Sie schaut ihren Sohn verwundert an, wieso sprichst du auf einmal Deutsch mit mir?

Der Straßengänger

Es ist ein strenger Winter. Ein Mann muss von seiner Wohnung zur S-Bahn laufen, um zur Arbeit zu kommen. Die Gehwege sind schlecht gestreut, wenn nicht gar ganz vereist. Der Mann rutscht mehrfach aus, aber er ist ein Mann, der die Anordnungen der Autorität befolgt. Er geht also eine ganze Weile lang auf dem Bürgersteig, obwohl es sehr mühselig ist. Die Autos fahren auf der Fahrbahn und haben inzwischen eine Rille in die Straße gefahren, wo die Pflastersteine durchscheinen. Eines Tages ist der Mann mit seiner Frau abends aus gewesen. Auf dem Rückweg von der S-Bahn nach Hause entschließt sich seine Frau, auf der Straße zu gehen, denn sie ist nicht gewillt, sich wegen der vereisten Bürgersteige den Fuß zu brechen. Der Mann hat Angst, das Gesetz zu übertreten. Er fordert seine Frau auf, doch wieder auf den Bürgersteig zu kommen. Sie aber sagt, es sei wunderbar, auf der Straße zu laufen. Endlich könne man wieder zu Fuß gehen, ohne ständig Angst haben zu müssen, sich bei einem Sturz den Hals zu brechen. Es ist spätabends, der Mann hat nicht so sehr Angst, dass ein Auto kommen könnte, sondern er hat vielmehr Angst, das Gesetz zu übertreten. Er fordert seine Frau erneut auf, von der Straße herunterzukommen. Sie zeigt ihm die Zunge und ist schlechter Laune. Der Mann aber hat große Angst davor, wenn seine Frau schlechte Laune bekommt, denn auch seine Frau ist eine Art Gesetz. Er kann sich zunächst nicht zwischen diesen beiden Gesetzen entscheiden und schweigt. Als er aber sieht, dass es keinen Sinn hat, geht er ebenfalls auf die Straße und folgt seiner Frau in der freigefahrenen Rille. Zunächst hat er Angst; er schaut sich um, ob ein Auto kommt, vielleicht gar ein Polizeiauto. Aber nach einer Weile fängt er an, das Laufen auf der Straße zu genießen. Er fühlt sich fast wie ein Indianer, der sich nachts an die Siedlung der Weißen heranschleicht und weiß, dass er im Recht ist, weil er sein Volk, seine Familie, seine Frau, seine Kinder schützen muss. In der Nacht jedoch kann der Mann nicht einschlafen, weil er daran denkt, dass er das Gesetz überschritten hat, aber auch weil dieses Gefühl der Gesetzesübertretung ihm ungeahnte, dunkle Kräfte zu geben scheint. Als er am nächsten Morgen zur S-Bahn geht, geht er wieder auf der Straße. Er empfindet das als sein Recht. Als ein Auto hinter ihm hupt, stellt er sich artig, aber auch brummend an die Seite. Der Autofahrer zeigt ihm einen Vogel. Als das Auto weiterfährt, geht der Mann weiter auf der Straße. Mit der Zeit erobert er sich die Straße, die von seiner

Wohnung zur S-Bahn führt. Es ist ein herrliches Gefühl, das Gesetz zu übertreten, sich frei zu fühlen, als ob er irgendwo in der Natur ist und in einem Umkreis von hundert Kilometern kein Mensch. Es ist ein langer Winter, aber irgendwann ist der Winter vorbei. Auf dem Bürgersteig liegt noch der Kies, den die Hauseigentümer gegen die vereisten Wege gestreut haben, und es liegen auch noch die Reste der Silvesterraketen, aber der Mann könnte jetzt wieder auf dem Bürgersteig gehen. Er hat sich jedoch an seine Freiheit gewöhnt und möchte sie nicht mehr missen. Ganz im Gegenteil, er möchte nicht nur in seiner kleinen Straße die Freiheit genießen, sondern er möchte seine Freiheit ausweiten. In einer schönen Aprilnacht geht er mehrere Stunden durch sein Viertel, läuft immer auf der Straße. Es sind keine Autos da. Er kann einfach laufen und es kommt ihm so vor, als habe noch nie ein Mensch vor ihm diese Straßen betreten. Er fühlt sich so frei, wie er sich noch nie frei gefühlt hat. Der kühle Nachtwind weht ihm um die Wangen. Es ist ein Wind, in dem das ganze Universum steckt. Sooft er kann, macht er jetzt nachts Spaziergänge. Er geht immer weitere Wege, wagt sich von den Nebenstraßen auf die Hauptstraßen vor. Er hat ein feines Gehör entwickelt, und jedes Mal, wenn ein Auto sich von hinten nähert, geht er zur Seite oder versteckt sich hinter einem parkenden Auto, so als ob er in der Wildnis sei und sich vor wilden Tieren in Acht nehmen müsse. Da er die Autos immer rechtzeitig bemerkt und ihnen aus dem Weg geht, fällt es niemandem auf, dass der Mann ein *Straßengänger* geworden ist. Er hat sich inzwischen daran gewöhnt, im Freien zu wohnen. Nachts legt er sich auf eine Parkbank. Tagsüber jagt er nach Kaninchen und röstet sie auf einem Feuer, das er zwischen zwei parkenden Autos anzündet. Auch seine Jacke und seine Hose flickt er jetzt mit Kaninchenfell. Wenn er sich waschen will, geht er in einem See baden, der sich neben der Autobahn befindet. Eines Tages, als der Mann gerade dem See entsteigt, sieht er ein Wildschwein in den Büschen. Als es ihn bemerkt, flüchtet es über die Fernverkehrsstraße. Mit einem Schrei, der wie eine Erlösung klingt, sprintet der Mann dem Wildschwein hinterher.

Tödliche Schüsse

In einem Programmkino läuft ein alter Gangster-film, der seit vielen Jahren nicht gezeigt worden ist. Man merkt erst nach dem Ende der Vorstellung, in der ersten Reihe sind drei junge Männer gestorben. Es ist mysteriös, wie sie erschossen wurden. Es wird spekuliert, ob sie mit der Mafia zu tun hatten. Rätsel bereitet der Polizei, die Kugeln stammen aus Maschinenpistolen aus den 1930er Jahren. Ein Ermittler bemerkt scherzhaft, sie hätten genau das Kaliber, mit dem auch in dem Film geschossen worden sei. Einer der anderen Ermittler wendet ebenso scherzhaft ein, der Film-gangster komme schon deshalb nicht als Täter in Frage, weil in einem Film nicht mit echten Patro-nen geschossen werde, aber die anderen beiden Ermittler wollen sich auf solche Spitzfindigkeiten nicht einlassen.

Im Laufe der weiteren Ermittlungen stellen die Ermittler erstaunt fest, die Kugeln wurden wo-möglich von vorne, von vor der Leinwand abge-feuert Die Zuschauer müssen es doch bemerkt haben, dass der Mörder direkt vor der Leinwand gestanden hat, sagen sie sich. Alle Zeugen werden einem erneuten Verhör unterzogen. Die Polizei würde sie am liebsten in Beugehaft nehmen, doch die Zeugen können wirklich nichts sagen, bis sich einer erinnert, mitten in einem Schusswechsel während des Films eine Art mehrfachen Röchelns gehört zu haben, das ihm nicht richtig zum Film passend erschienen sei. Als die Ermittler noch einmal die Leinwand untersuchen, stellen sie fest, an mehreren Stellen weist diese kleine Brandlöcher auf. Als die Ermittler das genauer untersuchen, stimmen diese Löcher in ihrer Höhe und Laufbahn mit den Einschusslöchern bei den drei Ermordeten überein.

Obwohl sie diese Hypothese bisher als absurd abgelehnt haben, wollen die Ermittler jetzt auch überprüfen, ob eventuell jemand direkt hinter der Leinwand gestanden haben könnte, obgleich es unmöglich erscheint, dass der Mörder ohne eine klare Sicht auf den Zuschauerraum so zielgenau die Körper der drei Ermordeten habe treffen können. Zwischenzeitlich wird sogar der Kinovorführer verdächtigt, der kein Alibi hat, weil niemand ihn im Vorführraum gesehen hat. Er ist der Einzige, der den Film so genau kennt, dass er genau den richtigen Zeitpunkt weiß, um von hinten durch die Leinwand zu schießen. Doch auch diese Spur verläuft im Sand.

Der Ermittler, der scherzhaft über das übereinstimmende Kaliber zwischen Fiktion und Realität gesprochen hat, schlägt vor, sich den Film noch einmal anzusehen, um ein Gefühl dafür zu bekommen, welche Atmosphäre im Kino zur Zeit der Ermordung der Männer geherrscht hat. Um diesen Moment möglichst realitätsgenau zu rekonstruieren, setzen sich die drei Ermittler in der ersten Reihe auf die Plätze, wo die drei Ermordeten gesessen haben. Der Film läuft. Als die besagte Szene zu sehen ist, blicken die Ermittler in den Lauf einer Maschinenpistole. Dann werden drei Schüsse abgefeuert und man hört einen lauten Schrei, wobei man nicht unterscheiden kann, ob dieser Schrei aus einer oder mehreren Kehlen kommt. Augenblicklich ist die Leinwand jedenfalls schwarz geworden. Einen Moment herrscht Totenstille im Saal und bis auf die Notbelichtung ist es stockduster. Dann ruft jemand, machen Sie sofort das Licht an und bringen Sie den Film genau wieder zu der Stelle, als die drei Schüsse zu hören waren, aber lassen Sie ihn nicht weiterlaufen. Als das Licht angeht, sieht man die drei Ermittler. Sie sind aufgestanden und sehen kreidebleich aus, als ob sie dem Tod gerade noch von der Schippe gesprungen sind. Einer der Ermittler hält eine Waffe in der Hand, mit der er anscheinend gerade geschossen hat. Bloß auf wen? Die Blicke richten sich auf den angehaltenen Film. Das Bild auf der Leinwand ist bei dem erhellten

Saal nur schwach zu erkennen, aber der Gangster, der gerade noch auf die Ermittler gezielt hat, liegt am Boden. Er ist offenbar tot. Man ahnt, dieser Tod ist bisher nicht Teil des Films gewesen. Der Ermittler, der geschossen hat und der auch derjenige ist, der über das gemeinsame Kaliber gescherzt hat, erklärt, ich verspürte bei dem Auftreten des Gangsters plötzlich eine unerklärliche Todesangst. Vorsichtshalber nahm ich meine Pistole in die Hand und entsicherte sie. Als der Gangster die Maschinenpistole auf uns richtete, zielte ich instinktiv auf sein Herz und drückte drei Mal ab. Der Gangster stieß unmittelbar darauf einen Schrei aus, ließ die Maschinenpistole fallen, fasste sich an die Brust und fiel zu Boden. Es war alles eine Frage von ein, zwei Sekunden. Sonst wären meine beiden Kollegen und ich vermutlich tot.

Die drei Ermittler diskutieren noch lange, ob der Film je wieder gezeigt werden kann oder nicht. Der Ermittler, der geschossen hat, ist der Meinung, jetzt, wo er den Gangster getötet habe, gehe von dem Film keine Gefahr mehr aus. Seine immer noch verängstigten Kollegen aber wenden ein, zur endgültigen Sicherheit müsse man die zahlreichen Schusswechsel in dem Film noch einmal genau unter die Lupe nehmen. Zu klären sei außerdem, wie die scharfe Munition in den

Zelluloidstreifen gelangt sei. Darüber hinaus hielten sie es für keineswegs ausgemacht, dass der tote Gangster in einer anderen Kopie des Films nicht noch quicklebendig sei und weitere Kinozuschauer ermorden könne.

Die vergessliche Geschichte

Mir ist eine Geschichte eingefallen, sagt die Geschichte.

Dann schreib' sie auf, bevor du sie wieder vergisst, sage ich ihr.

Es ist so eine schöne Geschichte, sagt die Geschichte.

Erzähl mir davon, sage ich.

Nein, sagt die Geschichte, bevor die Geschichte nicht fertig ist, kann ich sie niemandem erzählen.

Das ist eine Grundregel von mir, an die ich mich immer gehalten habe.

Wie du willst, sage ich.

Aber ich könnte dir, sagt die Geschichte, etwas von der Atmosphäre der Geschichte erzählen.

Und wie ist die Atmosphäre der Geschichte, frage ich neugierig.

Ja, sie ist zart, aber auch ein bisschen makaber, eine Geschichte zum Schmunzeln, aber auch mit Tiefsinn.

Das könnte ja jede Art von Geschichte sein, sage ich hinterlistig.

Ich kenne dich, sagt die Geschichte, aber du kannst so trickreich sein, wie du willst, ich sage dir nichts über die Geschichte.

Das respektiere ich vollkommen, sage ich.

Von wegen, sagt die Geschichte.

Du kannst mir ruhig glauben, sage ich, was soll ich mit einer unfertigen Geschichte anfangen? Du bist doch hier der Geschichtenerzähler. Ich wäre nie imstande, so schöne Worte für eine Geschichte zu finden wie du.

Die Geschichte wird rot.

Du brauchst dich nicht verlegen zu fühlen, sage ich, du kannst stolz sein auf dein Erzähltalent.

Du hast recht, sagt die Geschichte, und zückt ihr schwarzes Geschichtenbüchlein, ich sollte die Geschichte aufschreiben, bevor sie mir entfällt. Manchmal habe ich die schönsten Ideen und wenn ich sie aufschreiben will, sind sie schon wieder aus meinem Kopf verschwunden.

Das geht sehr schnell, bestätige ich.

Die Geschichte wird wieder rot.

Was ist, frage ich.

Ich bin so ein Dummkopf, sagt die Geschichte. Jetzt haben wir die ganze Zeit über meine neue Geschichte geredet, und die ganze Zeit leuchtet sie wie eine Glühbirne in meinem Kopf, und jetzt ist sie weg.

Ich habe es dir gesagt, sage ich.

Du bist ja auch ein Schlaumeier, sagt die Geschichte.

Wenn du sie mir erzählt hättest, die Geschichte, sage ich, hätte ich sie mir gemerkt und auch du hättest sie besser im Kopf behalten können.

Die Geschichte tritt mir auf den Fuß. Du bist ein Scheusal, sagt sie.

Was habe ich denn jetzt getan, frage ich empört.

Du weißt es genau, sagt die Geschichte.

Nein, lüge ich und kann nicht verhindern, dass ich meinerseits rot werde. Ich kann es einfach nicht aushalten, wenn die Geschichte ihre Geschichten für sich behält. Ich würde mich am liebsten in ihren Kopf schleichen, um genau in dem Moment zugegen zu sein, wenn eine neue Geschichte in ihr geboren wird. Ich verstehe gar nicht, was für ein Gewese sie um die Geheimhaltung ihrer Geschichten macht. Ich will ihr doch nichts wegnehmen, ich möchte doch nur zuschauen.

Als ob sie meine Gedanken erraten hätte, sagt sie, das ist ja gerade das Schlimme, wenn du in mich hineinschaust, wenn alles noch unfertig ist. Da bist du wie die Hirsche und Rehe im Wald, die alle neuen Setzlinge aufessen, bevor diese eine Chance haben, zu Bäumen zu werden.

Du brauchst also eine Art umzäuntes Schongehege, sage ich.

Genau, sagt die Geschichte.

Also, ich finde ja weiterhin, du bist zu empfindlich, sage ich, aber wenn das deine Wahrnehmung ist, werde ich das respektieren, dass du mir deine Geschichten nicht erzählen willst, bevor sie fertig sind.

Ich bitte darum, sagt die Geschichte und legt ihr Geschichtenbüchlein zurück in die Schreibtischschublade.

Ich hätte ja nicht wenig Lust, wenn die Geschichte mal einkaufen geht, in dem Büchlein nachzuschauen, was sie da alles für Geschichten notiert hat.

Untersteh dich, du Mistkerl, ruft sie.

Wieso kannst du meine Gedanken lesen, frage ich bitter.

Für so dumm hätte ich dich nun auch nicht gehalten, entgegnet sie frech.

Selbst dumm, du alte Kröte, werfe ich ihr an den Kopf.

Du bist zwar mein Meister, sagt die Geschichte, aber ich könnte dir gerade eine scheuern.

Bevor hier die Fetzen fliegen, denke ich, lenk ich lieber ein.

So ist's besser, sagt die Geschichte, und wenn du zum Abendessen einen schönen Salat machst, erzähle ich dir eine Geschichte.

Eine neue Geschichte, frage ich.

Du wirst staunen, sagt die Geschichte.
Ich mache sofort einen Salat, sage ich.
Aber ohne Käsestreifen bitte, sagt die Geschichte,
und kannst du noch ein paar Stunden warten? Im
Moment habe ich noch keinen Hunger.

Die Schallplatte

Der Musiker Gregor Greulich lernte Doris, deren Mutter Wilhelmine Grass in Irland aufgewachsen und vor langer Zeit eine berühmte, aber dann in Ungnade gefallene Autorin war, bei einer Party in London im Sommer des Jahres 1921 kennen. Doris schien ein wenig verrückt zu sein, aber das war Gregor in gewisser Weise auch. Sie hatte jedenfalls eine lebhafte Fantasie und war der Meinung, sie besitze übernatürliche Kräfte und könne einem Mann, der mit ihr schlafe, die ewige Jugend schenken. Gregor dachte einerseits, Doris halluziniere und sei nicht ganz bei Trost, es sei denn, sie, die sie noch Jungfrau zu sein schien, wollte unbedingt mit ihm ins Bett gehen, indem sie ihm diese Lüge auftischte. Andererseits leuchteten Doris' Augen auf eine so faszinierende Weise, dass er sich stark zu ihr hingezogen fühlte. Je mehr er ihr zuhörte, desto mehr empfand er sie als eine bezaubernde und nahezu geniale Frau. Sie erzählte ihm, als ob es die pure Wahrheit sei, ihre Mutter Wilhelmine habe ihrem schon damals alten Vater, als sie sich kennen gelernt hätten, einen Trank gegeben, der ihm ewige Jugend garantierte oder ihn gar wieder jünger machte, obwohl der Trank nur nach Essig schmeckte und tatsächlich nur aus Essig und Wasser bestand, aber der Vater habe so fest an diesen Zaubertrank geglaubt, dass er mit seinen 95 Jahren immer noch wie ein 30-jähriger wirke. Doris sprach in einem so überzeugenden Ton, obwohl es einen offiziellen Vater von Doris nie gegeben hatte, dass der Musiker, dessen größter Traum es tatsächlich war, nie alt zu werden und für immer jung zu bleiben, sich an diesem Abend unsterblich in sie, deren Schönheit unbeschreiblich war, verliebte und sie wenige Wochen später heiratete. Ihre Ehe gestaltete sich von Anfang an schwierig, denn Doris war ein Engel mit Stacheln. Sie erklärte Gregor, er solle sich vor ihrer Mutter hüten, die noch verrückter sei als sie. Ihre Mutter glaube, die Welt sei ein Konstrukt, das sie selbst erschaffen habe. Sie werde auch ihn in ihren Netzen gefangen nehmen. Immer wenn sie ihren einzigen Roman erwähne, solle er Reißaus nehmen. Sie verfüge über magische Kräfte, von denen er sich keine Vorstellung mache. Mit ihrer Fantasie werde sie ihn umspinnen und ihn zu einem Werkzeug ihrer selbst machen. Gregor glaubte seiner Frau kein Wort. Er hatte seine Schwiegermutter als eine etwas in sich gekehrte, aber kultivierte und liebenswürdige Frau kennen und schätzen gelernt. Über die Beurteilung von Wilhelmine gerieten die beiden in lauten Streit. Doris machte ihrem Mann schwere Vorwürfe, er sei ein trotteliger Naivling, den jede und jeder hereinlegen könne. Da auch Gregor immer gereizter wurde, schleuderte sie ihm schließlich an den Kopf, sie habe ihm durch ihren Beischlaf die ewige Jugend geschenkt, aber er werde als Musiker in seinem Leben nur eine einzige Schallplatte aufnehmen und ansonsten ein liederliches Leben führen, weil er zu keinerlei gedanklicher Tiefe mehr fähig sein werde. Sollte er dennoch auf die Idee kommen, eines Tages ein weiteres Album herauszubringen, werde er innerhalb kürzester Zeit altern und versterben. Erst im Tod werde er Erlösung finden.

Trotz ihrer Verwünschungen schien Doris ihren Mann sehr lieb zu haben und ihr sehnlichster Wunsch war, mit ihm ein glückliches Leben zu verbringen, aber je mehr sie sich stritten, desto schmerzlicher wurde ihr bewusst, ihr Lebenswunsch würde nie in Erfüllung gehen. Kurze Zeit später kam Doris in ein Irrenhaus, aus dem sie nicht wieder herausfinden sollte. Auch Gregor wäre beinahe in dieser Klinik gelandet, da die ganze Geschichte ihn sehr verwirrt hatte. Er trennte sich schließlich von Doris, ließ sich von ihr scheiden und steckte all seine leidvolle Erfahrung in das Schreiben und Aufnehmen einer

Anzahl von Liedern, die er in einem Album zusammenfasste, das von der Kritik einhellig als ein göttliches Meisterwerk in den Himmel gehoben wurde.

Gregor hatte sich durch das Album frei gemacht von seinen traumatischen Erlebnissen und er schwor sich, er wollte nie wieder in einer Beziehung so leiden wie mit Doris. Der große, auch kommerzielle Erfolg seines Albums ermöglichte ihm über viele Jahre ein sorgenfreies Leben. Er tänzelte von einer Romanze zur nächsten, zeigte sich in der Öffentlichkeit immer wieder in Begleitung einer neuen bildhübschen Frau, machte alle Moden mit und empfand keinerlei Gewissensbisse, wenn er nach einiger Zeit genau das Gegenteil von dem vertrat, was er kurz zuvor noch vehement verteidigt hatte. Er war ein Opportunist geworden, dessen Fähnchen sich drehte, wie gerade der Wind wehte. Das Wesentliche war ihm, es sollte ihm selbst gutgehen. Alles andere war ihm egal. Gregors tägliches Leben, obwohl es scheinbar von vielen Emotionen erfüllt war, klebte fest wie eine Fliege auf der Oberfläche eines Fliegenblattes. Gregor schien zwar ewig jung zu bleiben, aber er lernte nie etwas hinzu, als ob er sich in einer Schleife befinde, aus der es kein Entrinnen gab. Er selbst merkte das gar nicht, denn solange seine Bedürfnisse nach Essen, Trinken, Schlafen und Sex befriedigt wurden, schätzte er sich glücklich. Die wenigen Menschen, mit denen er etwas näher vertraut war, wie etwa seine Liebschaften, nutzte er gnadenlos zu seinen Zwecken aus, bis diese jungen Frauen immer wieder Reißaus nahmen. Über viele, viele Jahre blieb dieses Muster seines Lebens bestehen. Kein Kratzer schien sich auf dieser polierten Oberfläche zu zeigen, kein Zweifel nagte je an ihm, ob es richtig sei, wie er sein Dasein führte.

Der einzige Mensch, der Gregor noch an Doris erinnerte, war ihre Mutter Wilhelmine, zu der er einen losen Kontakt pflegte, auch wenn er selbst nicht wusste, wieso. Er besaß von Wilhelmine weiterhin eine gute Meinung und hatte die Mahnungen seiner von ihm geschiedenen Frau über deren Mutter fast vergessen. Wilhelmine trug ihren Anteil dazu bei, indem sie ein Bild ihrer Tochter entwarf, das mit der Realität eines in ein Irrenhaus gesperrten Wesens nicht mehr viel gemein hatte. Sie zeichnete das Bild einer entrückten Heiligen, die alle Sünden der Menschheit auf sich nehme. Gregor passte eine solche Heilige gut zu seinem eigenen, oft unterschwellig wirkenden Bestreben, sich von allen Fehlern der Vergangen-

heit reinzuwaschen, damit er sein jetziges ober-
flächliches Leben umso mehr genießen konnte.

Wilhelmines Vater, von dem sie Gregor während
seiner gelegentlichen Teebesuche bei ihr manchmal erzählte, war Deutscher gewesen, hatte Kai-
ser Wilhelm II. bewundert und seiner Tochter
deshalb diesen Namen gegeben, den sie ihr Leben
lang am liebsten abgelegt hätte. Sie war bei ihrer
irischen Mutter großgeworden und hatte deren
englischsprachige Kultur in sich aufgesogen,
während Deutschland ihr immer ein fremdes
Land geblieben war, nach dem sie auch keinerlei
Sehnsucht verspürte. Irland war ihre Heimat. Sie
fing an, kleine Gedichte zu schreiben und die ein
oder andere Kurzgeschichte, die auch veröffentlicht wurde, ohne jedoch größeres Aufsehen zu
erregen. Im Alter von dreißig Jahren, als sie gerade nach einer Zufallsbekanntschaft mit Doris
schwanger geworden war und beschlossen hatte,
nach London überzusiedeln, weil ihr Heimatland
für eine Schriftstellerin wie sie keine Aussicht bot,
erschien ihr erster und einziger Roman, der von
der Kritik überschwänglich gefeiert wurde. Wilhelmine wurde plötzlich als Liebling der Gesellschaft überall herumgereicht und ihr Roman als
aussichtsreicher Kandidat für den angesehensten
Literaturpreis Großbritanniens gehandelt, aber

als nach einigen Monaten ihr Bauch sichtbar wurde, die Öffentlichkeit immer insistenter fragte, wo der Ehemann zu diesem Bauch sich befinde und keine Antwort auf diese Frage erhielt, war es um Wilhelmines Ansehen und Stellung in der Gesellschaft schnell geschehen. Fast hätte man sie für ihr in den Augen der *good society* schamloses Verhalten ins Gefängnis geworfen. Ihr Verleger, der ihr wohlgesonnen blieb, hatte zum Glück den Einfall, ihren Roman nunmehr unter einem anderen, fingierten Autorennamen erscheinen zu lassen und auf diese Weise konnte Wilhelmine weiterhin von den Tantiemen ihres enorm erfolgreichen Romans profitieren und ihre Tochter – Doris blieb ihr einziges Kind – zwar nicht unter wohlhabenden, aber auch nicht ärmlichen Zuständen großziehen. Ihre Tochter, die bald ihr ein und alles wurde, entwickelte sich zu einer intelligenten, aber eben etwas verrückten Frau, die den Männern reihenweise den Kopf verdrehte.

Wilhelmine hatte die Hochzeit ihrer Tochter mit Gregor für übereilt gehalten und wunderte sich nicht, dass die Beziehung bald in die Brüche ging. Das rieb sie Gregor jetzt bei seinen Teebesuchen unter die Nase, was ihm allerdings nichts ausmachte, denn diese Feststellungen von seiner ehemaligen Schwiegermutter bestätigten seine Ansicht, die Ehe mit Doris war von Anfang an ein Fehlgriff gewesen. Obwohl Gregor sich gegenüber Doris so schäbig verhalten hatte, was Wilhelmine zunächst sehr verletzt hatte, schien sie in seinem Verhalten einen tieferen Sinn zu sehen bzw. sie schien an einem neuen Familienbild zu laborieren, bei dem ihre leibliche Tochter, die, in ihrem Irrenhaus eingesperrt, eh nicht mehr zu retten war, aus dem Familienverbund ausgestoßen wurde, um Gregor Platz zu machen, der mit seiner vielversprechend begonnenen Musikkarriere wesentlich mehr Eindruck zu machen versprach. Wilhelmine kaufte sich seine erste *Schallplatte* und fand sie bemerkenswert. Er machte zweifellos geniale Musik und aus ihm konnte viel werden, aber er hatte eben diese Schwäche, sich immer wieder jung bumsen zu wollen, die ihm dann auch zum Verhängnis wurde, wie Wilhelmine schon nach kurzer Zeit vorhersehen konnte, doch auch diese monotone Bumserei, aus der ein Großteil von Gregors Leben bestand, erregte als Rohstoff für Wilhelmines immer noch vielfältige literarische Gedankenübungen große Neugierde bei ihr.

Nach einigen Jahren waren die sogenannten *Schellackplatten*, auf denen Gregors Album zunächst veröffentlicht worden war, aus der Mode geraten und man musste die Aufnahmen auf eine *Vinylplatte* überspielen, um den Verkaufsmotor weiter am Laufen zu halten. Gregor beauftragte mit dieser Arbeit einen Freund, der den Musiker und jetzigen Lebemann schon gekannt hatte, als dieser noch mit Doris liiert gewesen war. Dieser Freund war auch ein Freund von Wilhelmine und so kam nach einer längeren Pause auch wieder ein Kontakt zwischen Doris' Mutter und dem erfolgreichen Musiker zustande, der nunmehr bis zu ihrem Tod regelmäßig fortgeführt wurde. Wilhelmine war für Gregor eine Art Mutterersatz, denn seine eigene Mutter hatte ihn im Kleinkindalter an Pflegeeltern übergeben, die ihn viel geschlagen hatten. Wilhelmine wiederum hatte sich in den Kopf gesetzt, Gregor sei ein Geschöpf aus ihrem Roman, denn er hatte tatsächlich viel Ähnlichkeit mit dem Protagonisten ihres erfolgreichen Werkes. Je älter sie wurde, desto überzeugter wurde sie, Gregor sei nur eine Erfindung ihrer eigenen Fantasie. Sie fühlte sich wie eine Marionettenspielerin, die jede einzelne Bewegung ihrer Figur bestimmte. Auch die Hauptperson ihres Romans war zu einem Lebemann verkommen, obwohl er eigentlich ein talentierter Künstler gewesen war. Auch der Protagonist ihres Romans hatte seine Frau schlecht behandelt und sie schließlich in den seelischen Ruin getrieben. Da Wilhelmine ihre schriftstellerische Karriere nicht hatte fortsetzen können und sich deswegen sehr grämte, hatte sie im Laufe der Jahre das Gefühl gewonnen, das Leben sei eine Fortsetzung ihres Romans und sie sei die Hüterin des Werdegangs ihres zum realen Leben erweckten Romanprotagonisten. Sie beobachtete also sehr genau, was Gregor tat und machte, und meinte, sie bestimme über sein Schicksal.

Zur allgemeinen Überraschung klang die neue Ausgabe des Albums von Gregor Greulich ganz anders als die alte. Auch wenn es kaum möglich schien, hatte sie gegenüber dem Original an Reife und Ausstrahlung gewonnen. Es waren immer noch die gleichen Lieder, aber sie hatten sich der neuen Zeit angepasst, ohne sich ihr anzubiedern. Es herrschte eine allgemeine Verwunderung, dass Gregor Greulich noch so schön spielen und singen konnte bei seinem ausgelassenen Leben. Man hatte ihn seit Jahren nicht mehr musizieren sehen und er hatte auch kein einziges Konzert gegeben, doch die Musik, die die Menschen wieder in Scharen kauften, klang so frisch und neu, als ob sie gerade komponiert und eingespielt worden sei. Man spekulierte, Greulich unterziehe sich

Verjüngungskuren. Man mochte es nicht glauben, dass er und seine Musik nicht alterten. Die einen bewunderten ihn deswegen, die anderen fanden ihn irgendwie lächerlich, aber gerade letztere waren begeistert von seiner neuen *Schallplatte* und standen Schlange vor den Musikläden, um noch eine weitere Kopie seines neuen Werks zu erwerben, die sie am liebsten all ihren Familienmitgliedern und Freunden geschenkt hätten.

Wilhelmine, die inzwischen über 90 Jahre alt war, hatte diesen Erfolg vorhergesehen, ja, sie hatte ihn geplant und diesen Plan selbst ausgeführt. Sie schrieb jeden Tag viele Seiten in ein Buch, in denen sie Gregors Werdegang der kommenden Jahre vorwegnahm, damit sein Leben auch nach ihrem Tod ihren Wünschen entsprach. Er war ganz und gar ihr Wesen geworden. Er konnte keinen einzigen Atemzug mehr machen, ohne dass sie das so vorherbestimmt hatte. Gregor kam sie manchmal noch besuchen und erzählte ihr von seinem im Grunde ereignislosen Leben, in dem sie aber lauter Fäden erkannte, die sie selbst gesponnen hatte. Eines Tages, weil sie auch eitel und überheblich sein konnte, zeigte sie ihm das Buch, in das sie täglich seine Zukunft schrieb. Er stellte erfreut fest, sein Leben würde einfach so weiterlaufen wie bisher, und er gab seiner ehemaligen Schwiegermutter, obwohl sie es ihm streng verboten hatte, aus frechem Daffke einen dankbaren Kuss auf die Wange. Sie konnte intime oder auch nur halbintime Körperberührungen wie einen solchen Wangenkuss seit vielen Jahren nicht mehr aushalten und war entsetzt, dass ihre Marionette sich eine solche Freiheit herausnahm. Ihr ganzes, so sorgsam gepflegtes Kartenhaus brach unter diesem Wangenkuss zusammen und sie empfand ein seltsames Gefühl der Freiheit, das sie seit ihrer Schwangerschaft mit Doris nicht mehr verspürt hatte. Sie starb glücklich und zufrieden, sich gerade noch rechtzeitig von ihren Hirngespinsten losgemacht zu haben.

Als etwa 10 Jahre nach Wilhelmines Tod die CD auf den Markt kam, musste die alte Aufnahme von Gregors Album erneut auf das neue Medium übertragen werden. Schon beim Übergang von der *Schellackplatte* zur *Vinylplatte* war Gregor sehr verwundert gewesen über die emphatischen Reaktionen der Kritiker und des Publikums, denn er hatte die Lieder keineswegs neu aufgenommen. Auch jetzt mit der Ausgabe auf CD des inzwischen 60 Jahre alten Albums überschlugen sich die Menschen in ihrer Begeisterung für diesen Sound, der genau dem Zeitgeist der 1980er Jahre entsprach. Wieder schnellten die Verkaufszahlen in die Höhe. Gregor rieb sich die Augen, weil er dieses ganze Theater nicht verstand, aber er sagte natürlich nicht nein zu seinem erneuten und gänzlich unerwarteten Erfolg. Erst mit der Jahrtausendwende und den Jahren danach, als immer mehr Menschen keine *CDs* mehr kauften, sondern sich die Musik kostenlos auf ihrem *IPod* oder ihrem *MP3-Player* anhörten, ließen Gregors Einnahmen merklich nach, obwohl viele noch immer fanden, auf dem jeweils neuen Medium klinge Greulichs Musik wie das Neueste vom Neuen. Aus den Aufnahmen sprachen inzwischen eine Lebenserfahrung und Weisheit, wie sie sonst höchstens Bob Dylan erreichte. Entgegen dem Bild, das man im Allgemeinen von dem aus unerfindlichen Gründen weiter jung erscheinenden Greulich hatte, waren viele der Meinung, insgeheim probe Gregor jeden Tag viele Stunden, was vermutlich auch das Geheimnis seiner ewigen Jugend sei. Als die Menschen jedoch immer mehr ihre Musik auf *Spotify*, *YouTube* und Co. hörten, wurden Gregors Einnahmen zu einem Rinnsal. Er lebte seit langen Jahren wieder in Deutschland, musste nun Sozialhilfe beantragen und schließlich sogar wieder arbeiten gehen. Er schrieb und veröffentlichte neue Songs, die nicht sehr erfolgreich waren. Durch seine vielen angehäuften Schulden war er inzwischen arm wie eine Kirchenmaus geworden. Innerhalb kurzer Zeit seit der Veröffentlichung seines zweiten Albums war er zudem merklich gealtert.

Irgendwann kam ihn ein Kritiker für ein Interview besuchen und sagte, er sei ein entfernter Nachfahre von Wilhelmine Grass. Von ihr sei nur ein Roman überliefert, der erstaunliche Parallelen mit dem Leben von Gregor Greulich aufweise. Der Kritiker fragte Gregor, ob er sich für sein eigenes Leben von der Hauptfigur dieses Romans habe inspirieren lassen, und nannte dessen Namen. Der Musiker, der den Ausführungen des Interviewers nicht gefolgt war und nur zum Schluss den genannten Namen aufgeschnappt hatte, fragte, wer ist diese Person?

Eine Romanfigur.

Noch nie gehört. Ich lese fast nie. Höchstens die Schlagzeilen der Zeitungen.

Sie haben noch nie von dieser Romanperson gehört, obwohl Ihre Schwiegermutter Ihnen viel davon erzählt hat, wie sie mir kurz vor ihrem Tod noch gesagt hat, fragte der Interviewer etwas irritiert. Worum geht es denn in diesem Roman, fragte Gregor zurück.

Der Journalist erzählte ihm in groben Zügen die Handlung und erwähnte auch das Romanelement, dass die einmal geschaffenen Werke dieses Romankünstlers wie durch Zauberhand immer reifer und tiefsinniger würden, während der Künstler selbst sich nur noch dem Vergnügen hingebe und den Pinsel seit Jahren nicht angerührt habe.

Ach doch, meinte Greulich, ich habe einmal zufällig die letzten Minuten einer Verfilmung dieses Romans gesehen, aber ich fand sie langweilig.

Vielleicht sollten Sie den Roman einmal lesen, wandte der Kritiker ein. Sie würden sich selbst viel besser verstehen.

Nein danke, wirklich kein Interesse. Bücher sind reine Zeitverschwendung für mich. Ich habe Wichtigeres zu tun.

Und mit diesen Worten bat er den Interviewer zu gehen, obwohl das Interview gerade erst begonnen hatte. Als der Mann sich entfernt hatte, hatte Gregor große Mühe aus seinem Sessel aufzustehen. Das Interview hatte ihm mehr zugesetzt, als er zugeben wollte. Mit seinen beinahe 130 Jahren, die man ihm inzwischen alle ansah, war er nur noch ein Schatten seiner selbst. Die Erwähnung von Wilhelmines Roman hatte ihn irritiert. Was hatte der Kritiker damit bezweckt? Es war sonst nicht Gregors Art, sich Gedanken zu machen, sich Fragen zu stellen, aber er fühlte sich von diesem Mann in ein Fragezeichen verwandelt, als ob etwas sehr Grundsätzliches an einem Großteil seines bisherigen Lebens nicht gestimmt habe. Er musste mit leichter Wehmut an Doris denken, an die er seit dem Tod von Wilhelmine vor 60 Jahren nicht mehr gedacht hatte. Ihm fiel das erste Mal seit ihrer Trennung wieder ein, was sie über ihre Mutter gesagt hatte. Gregor erschauderte: Doris' Worte schienen ihm auf einmal nicht mehr so absurd, wie er damals felsenfest geglaubt hatte. Eine Welle der Zuneigung für seine Frau durchströmte sein Herz. Vielleicht war Doris überhaupt die einzige Frau, die er je geliebt hatte, wie er sich tief bewegt eingestehen musste. Ein Gefühl großer Dankbarkeit ihr gegenüber bemächtigte sich seiner. Wenn er Zeit hätte, würde er sie auf eine Tasse Tee besuchen kommen. Es schien ihm sogar, sie rufe ihm gerade zu und lade ihn zu sich ein, als ob sie ihm endlich verziehen habe. Sein Herz fühlte sich plötzlich leicht an, als ob es bisher von tausend Fäden umschlungen gewesen wäre, die mit einem Mal verschwunden waren, als ob Wilhelmines Lebensroman nun endlich seinen Abschluss gefunden habe. Und mit dieser Leichtigkeit im Herzen spazierte Gregor über den Ärmelkanal und stattete Doris nach hundert Jahren wieder einen Besuch ab.

Griechischer Wein

Vor der Mittelmeerinsel Kreta ist vor kurzem ein römisches Schiff entdeckt worden, das im ersten Jahrhundert vor Christus bei einem Sturm untergegangen war. Im Schiffsbauch befand sich eine Ladung griechischer Wein. Taucher haben die uralten Amphoren aus dem Meer geborgen. Sie lagern zurzeit im Hafenamt von Heraklion an der Nordküste der Insel.

Forscher sind dabei, die Amphoren zu untersuchen, und es heißt, es bestehe Hoffnung, in den alten Tongefäßen noch trinkbaren Wein vorzufinden. Die Meldung verbreitet sich in der ganzen Welt, doch ehe die Forscher die Sache näher erkunden können, sind sämtliche Amphoren verschwunden. Es stellt sich heraus, der griechische Staat hat, um den immer noch strengen Schuldenabbauvorschriften der Europäischen Union nachzukommen, die Amphoren für eine enorme Summe Geld an einen Investor aus Hessen verkauft.

Herbert Gram hat mit riskanten Börsengeschäften im Laufe von dreißig Jahren ein enormes Vermögen angehäuft. In der Öffentlichkeit zeigt er sich kaum, aber man weiß, er hat bei einem Unfall seine Frau und seine beiden Töchter verloren. Geblieben ist ihm nur ein Sohn, der inzwischen 17

Jahre alt ist und an der Schule die Leistungskurse in Altgriechisch und Latein gewählt hat. Die griechische Presse spekuliert, ob der Investor nur an einer ertragreichen Investition interessiert ist oder aber ob er seinem Sohn zu dessen bevorstehendem 18. Geburtstag ein außergewöhnliches Geschenk machen will. Wer Herbert Gram kennt, weiß, die Interessen seines Sohnes kümmern ihn nicht eine Spur, sondern er schaut nur, wie er sein Geld weiter vermehren kann.

Die Amphoren hat er in seinem Weinkeller gelagert. Herbert Gram trinkt seit dem Tod seiner Frau und seiner Töchter nie auch nur einen Tropfen Alkohol, aber auch der Kauf besonders angesehener Weinflaschen kann viel Geld einbringen. Die Amphoren sind in dieser Hinsicht sein bisher größtes Wagnis. Ob der antike Wein tatsächlich noch trinkbar ist, muss sich erst noch erweisen, aber sollte das der Fall sein, könnte Gram von betuchten Weinliebhabern sicherlich zehntausend Euro oder mehr für ein Glas dieses ungemein kostbaren Weins verlangen. Der Gewinn wäre beträchtlich.

Der Weinkeller liegt in einem tiefen Gewölbe der Villa aus dem 18. Jahrhundert, in der Herbert Gram mit seinem Sohn Johannes wohnt, und ist mit einer ausgeklügelten Kühlanlage ausgestattet, die selbst bei einem einwöchigen Stromausfall noch eine optimale Kühlung der Weine garantiert.

Johannes ist ein Streber. Er möchte Professor für antike Geschichte in Harvard werden, egal ob sein Vater denkt, das sei keine sinnvolle Tätigkeit. Bei den Klausuren, die Johannes in einer druckreifen Sprache verfasst, bekommt er regelmäßig 15 Punkte, obwohl er in den letzten fünf Jahren schon zwei Klassen übersprungen hat. Noch bevor er volljährig sein wird, wird er sein Abitur mit voller Punktzahl abgeschlossen haben. Alles andere wäre in den Augen von Johannes ein Versagen.

Seine einzige Schwäche ist Despina. Despina hat eine griechische Mutter und einen deutschen Vater und ist mit drei Jahren nach Deutschland gekommen. Der Vater war Konsulatsmitarbeiter am deutschen Generalkonsulat in Thessaloniki und hat sich schon kurz nach seinem Eintreffen in der nordgriechischen Großstadt unsterblich in eine Griechin verliebt, die ihm die griechische Sprache beibringen sollte. Schon beim ersten Geschlechtsverkehr wurde Despina gezeugt und ihr Vater musste seine Lehrerin heiraten, was er im Übrigen gern getan hat. Die Eltern leben seit vielen

Jahren eine glückliche Ehe, wenn die Mutter, die sehr an ihrer griechischen Heimat hängt, nicht jedes Mal verzweifelt wäre, wenn ihr Mann wieder an ein anderes Konsulat versetzt werden sollte. Nach dem letzten Auslandsposten in Vietnam, dem ein Aufenthalt in Ghana vorausgegangen war, hat sich die Mutter mit Händen und Füßen dagegen gewehrt, wieder ins Ausland zu gehen. Ihre Tochter hingegen war nahezu versessen darauf, in fernen Ländern fremde Kulturen kennen zu lernen. Vor drei Jahren hatte der Vater seine Stelle beim Auswärtigen Amt gekündigt und war mit seiner Familie in diese hessische Kleinstadt gezogen, weil dort noch seine Eltern lebten und sein Vater ihm eine nicht sehr gut bezahlte Stelle als Verwaltungsangestellter im Rathaus vermittelt hatte.

Despina sitzt seit drei Jahren auf heißen Kohlen. Sie will weg von hier, koste es, was es wolle. Sie nimmt es ihrem Vater krumm, dass er seine Konsulatsstelle gekündigt hat. Mit ihrer Mutter spricht sie kaum mehr. Der einzige Lichtblick in ihrem Leben ist Johannes.

Wie diese beiden doch sehr unterschiedlichen jungen Menschen zueinander gefunden haben, verraten sie nicht, aber sie sind ein Paar, das für sein Alter eine erstaunliche Reife zeigt. Despina verzeiht es Johannes, dass er so ein fürchterlicher Streber ist, und er verzeiht ihr, dass sie so ein unstetes Leben führt. Despina bringt Johannes bei, dass man sich manchmal auch ein bisschen gehen lassen muss. Johannes bringt Despina bei, dass man an einer Sache auch dranbleiben muss. Vielleicht gelingt ihnen dieser Spagat aber auch nur, weil sie nicht ständig aufeinander hocken, sondern einander viel Freiheit lassen.

Herbert Gram hat seinem Sohn eingeschärft, er dürfe niemandem erzählen, wo die Amphoren gelagert sind. Gram ist trotz der Risikobereitschaft bei seinen geschäftlichen Angelegenheiten ein ängstlicher Mensch und fürchtet sich vor Einbrechern. Doch obwohl Johannes sein Schweigeversprechen einhält, kann auch Despina zwei und zwei zusammenzählen.

Sie weiß, wo der Schlüssel zu dem Weinkeller aufbewahrt wird, denn gelegentlich gehen Johannes und sie in das Kellergewölbe, um sich eine teure Flasche Wein zu holen, die sie dann in seinem Zimmer austrinken. Johannes scheint dieser Verrat an seinem Vater lässlich, denn der Weinkeller ist bis obenhin mit Weinflaschen gefüllt. Dass Despina und er jedes Mal ein Vermögen in sich hineinfließen lassen, ist ihm vielleicht nicht unbedingt bewusst, denn im Gegensatz zu seinem

Vater hat er keinerlei Interesse an Gelddingen, sondern lebt einzig und allein in der Welt der antiken Griechen und Römer.

Als Despina verstanden hat, dass die Amphoren sich in dem Weinkeller befinden, empfindet sie ein Prickeln in ihrem Kopf, das sie seit langer Zeit nicht mehr gespürt hat. Der Gedanke, vielleicht einen Schluck von diesem antiken Wein zu trinken, elektrisiert sie. Sie kann tagelang an nichts anderes denken und wenn sie neben Johannes im Bett liegt, überkommt sie eine Sehnsucht nach ihrer griechischen Heimat, die sie doch kaum kennt. Sie hat durch Johannes' Schweigen über das Amphorenthema verstanden, er darf nicht darüber reden. Sie ist jedoch entschlossen, alles zu probieren, um wenigstens eines dieser Tongefäße zu öffnen.

Eines Nachts, als Johannes tief und fest schläft und sie mit weit geöffneten Augen in die Dunkelheit starrt, fasst sie den Entschluss, es auf eigene Faust zu versuchen, an eine dieser Amphoren zu gelangen. Sie holt den Weinkellerschlüssel aus seinem Versteck, schleicht sich in den Keller, hält eine Taschenlampe parat und öffnet den Weinkeller, in dem sie sich gut auskennt. Wo sich jedoch die Amphoren befinden, hat sie bei ihren bisherigen Besuchen im Kellergewölbe noch nicht entdecken können. Sie sucht und sucht und wird schließlich fündig. Sie hebt eine der Amphoren hoch. Sie ist sehr schwer.

Brauchst du Hilfe, ertönt plötzlich eine Stimme hinter ihrem Rücken. Sie fährt hoch, als ob zehn Taranteln sie gestochen hätten. Es ist Johannes. Er war aufgewacht, weil er auf Toilette musste, und hatte Despina nicht mehr neben sich gefunden. Er hatte geahnt, wo sie hingegangen war. Trotz des großen Respekts vor seinem Vater bzw. vor seinen Anordnungen hat auch Johannes in den letzten Wochen viel an die Amphoren denken müssen und er ist eigentlich erleichtert, dass Despina in dieser Hinsicht den ersten Schritt getan hat.

Gemeinsam holen sie die Amphore aus dem Regal und bringen sie in sein Zimmer. Johannes besitzt ein wenig Werkzeug und in etwa einer Stunde haben sie ein Loch in den Amphorenverschluss gebohrt. Despina darf als erste ihre Nase an die Öffnung halten. Betörend, ist das einzige Wort, das sie sagt, und wäre beinahe in Ohnmacht gefallen. Ihr Herz zittert heftig vor Aufregung. Auch der sonst so rationale Johannes findet poetische Worte, um den Duft des Weines zu beschreiben.

Sie trinken jeder zwei volle Gläser dieser ungemeinen Köstlichkeit. Vor lauter Begeisterung fängt Johannes an, auf Altgriechisch zu sprechen. Mit einem Mal beherrscht er die Sprache fließend. Auch seine Gedanken formuliert er plötzlich in dieser Sprache. Despina versteht nur wenige Worte, die sie sich aus dem Neugriechischen herleiten kann. Sie ist etwas genervt von dieser plötzlichen Marotte ihres Freundes. Sie bittet ihn, wieder auf Deutsch zu sprechen. Er wird rot, weil er merkt, er versteht seine Freundin nicht mehr. Was hat sie plötzlich für eine seltsame Aussprache? Ihre Worte klingen hart und herrisch. Er selbst fühlt sich pudelwohl mit seinem Altgriechisch. Es ist, als ob er nie eine andere Sprache gesprochen hat, als ob sie zu ihm passt wie die Gummihandschuhe eines Chirurgen auf dessen Hand. Despina wird immer verzweifelter. Es dämmert bereits. Es ist Samstag. Kein Arzt hat an diesem Tag seine Praxis geöffnet. Es bleibt also nur, mit dem Fahrrad zur Notaufnahme im Krankenhaus zu fahren. Mit allerlei Zeichen bedeutet sie Johannes, was sie vorhat.

Johannes hat nie wieder eine andere Sprache gesprochen als Altgriechisch. Notgedrungen musste auch Despina diese Sprache lernen, um mit ihm kommunizieren zu können. Auch ihren beiden Töchtern brachten sie diese eigentlich ausgestorbene Sprache bei. Johannes wurde tatsächlich Professor in Harvard, auch wenn die Erstsemester es etwas schwierig finden, seinem Unterricht zu folgen.

Herbert Gram seinerseits empfand keine Skrupel, den Wein der anderen Amphoren für bis zu fünfzigtausend Euro das Glas zu verkaufen. Er hatte Glück, bei niemand anderem zeigten sich die gleichen Folgen des Weinkonsums wie bei seinem Sohn. Um sich dennoch für den Verlust der einen Amphore, aus der Johannes und Despina getrunken hatten, zu entschädigen, enterbte er sein einziges verbliebenes Kind. Johannes musste sich teilweise als Tellerwäscher verdingen, um über die Runden zu kommen, aber er war stolz, seinen späteren Erfolg nicht seinem Vater zu verdanken. Natürlich ist er bei normalen Alltagsdingen wie Lebensmittel einkaufen, ins Kino gehen, mit dem Lehrer seiner Kinder sprechen, die Telefonrechnung verstehen, Smalltalk auf einer Party führen und dem Lesen der gesamten modernen Literatur stark eingeschränkt und Despina ist nicht immer willens, ihn in jedem Moment beim Kontakt mit der Außenwelt zu unterstützen, weil sie auch ein eigenes Leben führen möchte, aber wenn es gar nicht mehr geht, hören sie sich deutsche Schlager an, die Johannes zwar nicht versteht, deren Melodien ihm aus Voramphorenzeiten aber vertraut sind und die er immer wieder vor sich hin summt, wenn er in seinem Zimmer an einem neuen Buch schreibt oder in der Küche den Abwasch erledigt.

Transparenz

Giorgio Trasperetti stellt beim Aufwachen fest,
seine Hand und sein Arm sind durchsichtig geworden. Er hebt die Bettdecke hoch und schaut
auf seinen Bauch. Beim Anblick seiner Eingeweide wird ihm übel. Er merkt gerade noch, zum
ersten Mal in seinem Leben kann er seine Fuß-
knochen sehen. Dann fällt er in Ohnmacht. Als er
wieder zu sich kommt, fängt sein Herz vor Angst
zu pochen an. Er kann sich diese neue Lage nicht
erklären. Er atmet mehrere Male tief ein und aus,
wie ein Freund es ihm für solche Situationen geraten hat, auch wenn sein Freund sicherlich nicht
ahnte, dass Giorgio einmal vollkommen *transpa-
rent* sein würde. Nachdem er sich durch das At-
men etwas beruhigt hat, überlegt er, ob er seine
Durchsichtigkeit nicht einfach ignorieren und
sich einen Kaffee machen soll, wie er das seit vielen Jahren jeden Morgen tut. In Fällen wie diesen
wirkt der Rückgriff auf bewährte Verhaltensweisen beruhigend, sagt Giorgio sich. Doch bei dem
Gedanken, den braunen Kaffee in seinem Magen
schwappen zu sehen, wird ihm wieder schlecht.

Das Telefon klingelt. Es ist eine fremde, aber eine
Berliner Nummer. Giorgio wohnt in Steglitz. Er
weiß nicht genau, ob er den Anruf annehmen soll
oder nicht. Noch immer rufen ihn betrügerische

Nummern an, seitdem er vor einigen Jahren auf einen Telefonbetrug hereingefallen ist und sich ein Spiegel-Abonnement hat andrehen lassen, das er nur mit Mühe wieder losgeworden ist. Er beschließt, den Anruf trotzdem entgegenzunehmen. Es könnte ja jemand sein, der ihm Hilfe anbieten will. Es könnte das Klinikum Benjamin Franklin sein, das in der Nähe seiner Wohnung liegt, weil noch viele andere Menschen von seiner Verwandlung betroffen sind und man sicherheitshalber alle Menschen in Steglitz fragen will, ob sie auch durchsichtig geworden sind.

Sind Sie bereit, fragt eine angenehme weibliche Stimme, als Giorgio den Hörer in die Hand nimmt. Er hätte fast wieder aufgelegt, weil er sich von dieser Frage verunsichert fühlt, aber er fragt zurück, wer sind Sie? Mein Name ist Karoline Fichter. Ich bin Referatsleiterin im *Transparenzministerium*. Sie haben bestimmt schon von uns gehört. Wir haben Ihnen vor einigen Wochen einen Brief geschickt, dass Sie für ein Experiment ausgewählt wurden. Giorgio wird bleich. Ihm geht durch den Kopf, er hat diesen Brief für eine Werbesendung gehalten und ihn ungeöffnet weggeworfen. Er muss mehrere Male schlucken, bevor er die Frage stellen kann, ob denn das *Transparenzministerium* für seinen momentanen

Zustand verantwortlich sei. Frau Fichter erklärt ihm, er dürfe sich glücklich schätzen, eine solche Vorreiterrolle einzunehmen. Sein Name werde in die Geschichte eingehen. Giorgio ist zu verdattert, um auf diese Aussage reagieren zu können. Er würde das Telefonat gerne beenden und sich wieder ins Bett legen. Er wird sich krankmelden bei seinem Arbeitgeber, denn an einem Tag wie diesem kann er nicht zur Arbeit gehen. Frau Fichter scheint seine Gedanken erraten zu haben, denn sie sagt, warten Sie einen Moment, und liest ihm dann den Paragrafen 5 des im letzten Jahr im Bundestag beschlossenen *erweiterten Transparenzgesetzes* vor, der besagt, Bundesbürger seien bei *Transparenzfragen* zur Mitarbeit verpflichtet. Giorgio kann sich vage erinnern, die Diskussion um diesen Paragrafen ist im Parlament besonders kontrovers geführt worden, aber die ganze Sache hat ihn damals nicht sonderlich interessiert. Frau Fichter sagt ihm noch, ein Mitarbeiter wird in einer halben Stunde bei Ihnen klingeln. Machen Sie ihm bitte auf. Das ist wichtig. Dann legt sie auf. Giorgio braucht jetzt dringend einen Kaffee. Es ist ihm inzwischen egal, ob er ihn in seinem Bauch sehen wird. Er bereitet sich mit seiner Espressomaschine einen doppelten Espresso zu und schluckt ihn hinunter. Nach kurzer Zeit ist der

Kaffee in seinem Magen angekommen. Wieder überkommt Giorgio ein Gefühl der Übelkeit. Nein, es ist eher der Eindruck, er wird bald ein Magengeschwür bekommen. Giorgio legt sich wieder ins Bett und zieht sich die Decke über den Kopf. Wieder atmet er mehrere Mal tief durch, aber die Übung ist nicht so effektiv wie beim ersten Mal.

Er schreckt hoch, als es an der Wohnungstür klingelt. Er muss eingeschlafen sein. Es wird der Mitarbeiter sein, von dem Frau Fichter gesprochen hat. Soll er ihm aufmachen? Trotz allem fühlt Giorgio sich dem Gesetz verpflichtet. Er steht auf, zieht sich an, geht zur Wohnungstür und schaut erst durch den Türspion, bevor er aufmacht, aber der Mann, der vor der Tür steht, sieht einigermaßen vertrauenerweckend aus. Der Mann zeigt seinen Dienstausweis und gibt ihm die Hand, als er die Wohnung betritt. Er nennt auch seinen Namen: Emil Staparov. Als sie sich ins Wohnzimmer gesetzt haben, holt Herr Staparov einen Laptop aus seiner Aktentasche. Er klappt ihn auf, schaltet ihn ein, scheint nach einer bestimmten Webseite zu suchen, gibt wohl seine User-ID und sein Passwort ein und fragt schließlich, können Sie mir bitte Ihren Personalausweis geben. Ich muss einen Datenabgleich machen. Giorgio reicht ihm seinen Personalausweis. Seit einigen Jahren hat er auch die deutsche Staatsangehörigkeit. Er ist als Sohn italienischer Gastarbeiter – der Vater arbeitete bei Mercedes – in der Nähe von Stuttgart aufgewachsen und ist nach seinem Architekturstudium nach Berlin gekommen, wo er seit über 30 Jahren wohnt.

Herr Staparov stellt ihm tausenderlei Fragen und schickt ihm auf seine E-Mailadresse noch einen Link zu einem Fragebogen, den er bitte ab jetzt jeden Tag beantwortet: Er soll sich täglich wiegen, aufzeichnen, was er isst, was und wie viel er trinkt, wie viele Kilometer er zu Fuß und wie viele mit den öffentlichen Verkehrsmitteln oder mit seinem eigenen Fahrrad oder Auto zurücklegt, er soll die Strecken angeben, die er fährt, er soll sagen, mit wem er sich trifft und über diese Personen kurze Angaben über deren Leben und Lebensführung machen usw. usf. Giorgio hört sich das eine Weile an und fragt dann, wozu das dienen solle, ob er nicht Anrecht auf etwas Privatsphäre habe. Er fügt hinzu, ihn werde dieser ganze Fragebogen sicherlich zwei Stunden am Tag beschäftigen und die Zeit habe er nicht, weil er arbeiten gehen, sich um den Haushalt kümmern und auch noch sonstige Verpflichtungen habe. Sie hätten der Teilnahme an dem Experiment widersprechen können, sagt Herr Staparov, aber da wir nichts von Ihnen gehört haben, sind wir davon ausgegangen, Sie sind mit allem einverstanden. Im Übrigen sende ich Ihnen einiges Material zu Ihrer Mailadresse, das Ihnen Antworten auf all Ihre Fragen geben wird. Sie müssen wissen, wir arbeiten seit 10 Jahren, also seitdem es das *Transparenzministerium* gibt, an diesem Projekt und haben alles bedacht, was es zu bedenken gibt. Machen Sie sich keine Sorgen. Sie sind in guten Händen. Der Bundesrepublik Deutschland können Sie vertrauen.

Im Übrigen ist Ihre Teilnahme an diesem Projekt wirklich essentiell, fährt Herr Staparov fort. Sie sind als einer von bundesweit fünf Teilnehmern an diesem Experiment ausgewählt worden. Sobald wir sehen, dass das Projekt mit Ihnen und den anderen gut läuft, werden wir es auf alle Bundesbürger ausdehnen, denn das ist die Zielsetzung, die der Bundestag im vergangenen Jahr mit dem *erweiterten Transparenzgesetz* dem *Transparenzministerium* gegeben hat.

Herr Staparov weist Giorgio noch darauf hin, am Nachmittag werde ein Arzt kommen, der ihn von nun an jeden Tag eingehend untersuchen werde.

Bei diesem Stichwort fällt Giorgio, dem von diesen ganzen Fragen und Aussagen schwindelig und benommen geworden ist, endlich wieder ein, er muss Herrn Staparov unbedingt fragen, mit welcher Methode und wann man seinen Körper durchsichtig gemacht hat und ob diese *Körpertransparenz* auch wieder vergehen werde. Nein, die sei permanent, erwidert Herr Staparov, zu seiner anderen Frage müsse er leider antworten, laut Absatz 3, Satz 4 bis 6 von Paragraf 135 des *erweiterten Transparenzgesetzes* dürfe er vorerst keine Auskunft darüber geben, welche Methode bei seinem Durchsichtigmachen verwendet wurde. Zu dem Zeitpunkt könne er jedoch sagen, es sei in der vergangenen Nacht geschehen, als er, Herr Trasperetti, geschlafen habe.

Mit diesen Worten verabschiedet sich Herr Staparov, obwohl Giorgio ihm gerne noch verschiedene Fragen gestellt hätte, aber Herr Staparov erklärt, er müsse leider zurück an seinen Arbeitsplatz. Er habe noch einiges mit seiner Referatsleiterin zu besprechen.

Mit Frau Fichter? Diese Frage kann Giorgio noch anbringen, bevor Herr Staparov seine Wohnung verlässt, doch dieser hat ihn offenbar nicht gehört, denn er sagt nur ein kurzes, wir sehen uns morgen, und verschwindet.

Den Rest des Tages – Giorgio hat sich noch schnell bei seinem Arbeitgeber krankgemeldet –

telefoniert er mit seiner Freundin, die am anderen Ende der Stadt wohnt, und mit seinen Freunden und seinem Bruder, obwohl er die ganze Zeit daran denken muss, Herr Staparov hat erklärt, er sei verpflichtet, eine Zusammenfassung all dieser Gespräche in dem Fragebogen, den er inzwischen kurz überflogen hat, anzugeben. Während er telefoniert, macht sich Giorgio vorsichtshalber einige Stichpunkte auf einem Zettel über die Themen, über die sie sprechen. Eigentlich gibt es nur ein Thema, das Giorgio mit seiner Freundin, seinen Freunden und seinem Bruder behandelt, wieso er plötzlich durchsichtig geworden ist und was diese ganzen Fragebögen sollen? Als er am späten Abend endlich den gesamten Fragebogen ausgefüllt und sich ins Bett gelegt hat, schläft Giorgio sofort ein, denn er ist von dieser ganzen Anstrengung hundemüde geworden und gegessen hat er im Übrigen auch kaum etwas, weil er sich der Speisereste in seinem Verdauungsapparat geschämt hat. Der Arzt, ein recht freundlicher Mann, hat ihn gefragt, ob er genügend trinke und gegessen habe, sein Magen sehe etwas leer aus. Ansonsten schien der Arzt unglaublich fasziniert davon, das Innere eines lebendigen Körpers betrachten zu können. Er hatte Giorgio gesagt, er müsse sich vor ihm vollständig ausziehen, so stehe es im Gesetz. Der Arzt hat noch andere Bemerkungen zu möglichen Krankheiten gemacht, die er offenbar durch Giorgios Durchsichtigkeit viel besser erkennen konnte, aber diese Anmerkungen haben Giorgio nur einen großen Schrecken eingejagt und er hat sie längst wieder verdrängt.

Auch an den darauffolgenden Tagen lässt Giorgio sich krankschreiben, obwohl Herr Staparov ihm sagt, er sei doch eigentlich gesund, wieso er nicht zur Arbeit gehe. Doch Giorgio kann einfach nicht. Bei der Vorstellung, man könnte im Bus seinen Schädelknochen sehen, wird ihm so schlecht, dass er sich fast übergeben muss. Außerdem werden ihn die Kollegen, die ihn ehedem gerne mal verhohnepiepeln, wegen seiner Durchsichtigkeit auslachen. Da Giorgio auch nicht die Wohnung verlassen will, um einkaufen zu gehen oder irgendwo einen Kaffee zu trinken, reduziert er seinen Essenskonsum immer weiter. Die einzigen Menschen, die er sieht, sind Herr Staparov und der Arzt. Auch ihnen fällt sein verändertes Verhalten und sein zunehmendes Abnehmen natürlich auf und beide sind besorgt, nicht so sehr wegen Giorgio, sondern weil diese Schwierigkeiten, die auch bei den anderen vier Teilnehmern an dem Experiment aufzutreten scheinen, wie Herr

Staparov hat durchblicken lassen, eine Gefahr für das *Transparenzprojekt* darstellen.

Giorgio kommt es vor, als ob von ihm verlangt werde, er müsse ein perfekter Mensch sein, der keinen einzigen Fehler begehen dürfe. Diese Erwartung, von der er nicht weiß, ob sie tatsächlich von Herrn Staparov und dem Arzt ausgeht oder ob sie nur in seiner Vorstellung existiert, macht sein Verhalten immer verkrampfter. Außerdem hat er das Gefühl, nur noch mit sich selbst beschäftigt zu sein. Er macht nur noch kleine Trippelschritte in seiner Wohnung aus Angst, er könnte einen Fehler begehen.

Andererseits hat Giorgio am Anfang sein Inneres nur mit Widerwillen betrachtet und sein ganzer Körper schien ihm vollkommen chaotisch zu sein. Wenn er sich jetzt selbst betrachtet, macht es ihm hingegen manchmal sogar ein bisschen Freude, seinen inneren Organen bei ihrem Zusammenspiel zuzusehen, aber dazu muss er entspannt sein und einen kontemplativen Moment haben, um das genießen zu können. Manchmal hat die *Transparenz* eben doch eine gewisse innere Schönheit und Logik.

Das Leben von Giorgio hat sich jedenfalls radikal geändert, seitdem er durchsichtig ist, und doch merkt er, er verhält sich in vielen Dingen noch genauso unvernünftig wie früher, obwohl der Sinn des ganzen Projektes doch ist, dass die Menschen rationaler werden. Jedenfalls steht das so in der Prämisse des *erweiterten Transparenzgesetzes*, das Giorgio inzwischen in- und auswendig kennt. Nur zu seiner *Transparenz* auch gegenüber der Außenwelt zu stehen, ist für Giorgio weiterhin ein großes Problem. Herr Staparov und der Arzt sind zunehmend besorgter und werden von Tag zu Tag nervöser. Als Giorgio sich nach sechs Wochen immer noch weigert, zur Arbeit zurückzukehren oder auch nur die Wohnung zu verlassen – seine Einkäufe haben inzwischen Herr Staparov und der Arzt übernommen – kommt auch Frau Fichter in Giorgios Wohnung und versucht vergeblich, ihn davon zu überzeugen, wieder zur Arbeit zu gehen und auch sonst ein ganz normales Leben zu führen. Als nach einem Jahr immer noch keine Besserung zu erkennen ist, muss das Experiment abgebrochen werden. Auch bei den anderen vier Teilnehmern zeigt sich das gleiche negative Ergebnis. Einstimmig hebt der Bundestag das *Transparenzgesetz* wieder auf. Und eines Morgens wacht Giorgio in seinem Bett auf und sieht seine Haut. Ganz Steglitz hört seinen Jubelschrei.

Der Springer

Zu seinen besten Zeiten kann sich der *Springer* auf seinem Trampolin in schwindelerregende Höhen katapultieren. Die Zuschauer feuern ihn begeistert an, wenn er bei einem Auftritt von Mal zu Mal höher springt, bis er sich bei seinem letzten Sprung auf das Dach eines Hochhauses schwingt. Ein tosender Applaus setzt ein.

Er zeigt eiserne Disziplin und trainiert seinen Körper jeden Tag acht oder mehr Stunden. Sein Tag ist durchgetaktet. Seine Auftritte plant er akribisch. Wenn nur eine Kleinigkeit schiefgeht, kann er fuchsteufelswild werden. Seine Mitarbeiter wissen ein Lied von seinen Launen zu singen. In seinen zahlreichen Interviews erkennt man, er hat kaum etwas anderes im Kopf, als auf Gebäude zu springen. Der *Springer* achtet bei seinen Auftritten wenig auf die Eleganz seiner Vorführung. Das Ganze sieht eher technisch aus, wenn nicht gar unbeholfen. Oft wirkt er wie eine Maschine.

Trotzdem werden die Sprungstücke des *Springers* immer mehr zum alles beherrschenden Thema in der Öffentlichkeit. Besonders junge Männer sehen in ihm ein Idol, dem sie nacheifern wollen. Seine Auftritte werden zu großen Medienereignissen. Wenn ein Auftritt im Sommer erfolgt, legt der *Springer* ihn so, dass er zur Hauptnachrichtenzeit stattfindet und die Nachrichten damit verschoben werden müssen, weil kein Sender es sich leisten kann, das Ereignis nicht live zu senden. Niemand erhebt Einwand dagegen, weil das einen Shitstorm gegen den Einwendenden nach sich zöge. Offiziell hat der *Springer* kein Amt inne, doch er beherrscht das Land. Jemand lanciert das Gerücht, der *Springer* wolle für die Politik kandidieren. Eine Umfrage bescheinigt ihm 35 Prozent der Wählerstimmen. Er lässt das Gerücht erst nach längerer Zeit dementieren und genießt derweil den Ruhm, der ihm von allen Seiten zufließt. Sein enormes Ansehen verblasst selbst dann nicht, als Vorwürfe der Steuerhinterziehung gegen ihn laut werden. Der Manager des *Springers* bringt die Anschuldigungen rasch zum Schweigen. In bürgerlichen Kreisen fängt man dennoch an, gegen den *Springer* zu polemisieren. Ein junger Kulturkritiker verfasst einen bissigen Artikel gegen den *Springer*, der diesen bloßstellt. Unter anderem schreibt der Kritiker, wenn man dem *Springer* eine Weile in die Augen schaue, merke man, er ist ein kleiner Junge, der mit Angeberei versuche, seine innere Unsicherheit zu überspielen. Im Laufe der Jahre habe der *Springer* die anderen, positiven Eigenschaften dieses kleinen Jungen wie etwa Fantasie, Spieltrieb oder Spontaneität immer weiter eingemauert, bis jetzt in seinen Augen nur noch ein kleiner Schlitz zu sehen sei, der verrate, wer er hätte werden können, wenn er sich selbst nicht wie einen Sklaven behandeln würde. So locker und auftrumpfend der *Springer* sich in der Öffentlichkeit gebe, so sei er doch stark angespannt und keiner freien Geste mehr fähig. Es sei bei ihm das Dutzend an Verhaltensweisen und starken Sprüchen, die er immer wieder auf die gleiche Art vorspiele, ohne dass man je eine Variation darin wahrnehmen könne. Seine männlichen Fans liebten es jedoch, dass sich das Verhalten ihres Idols immer nach Schema F abspiele, weil diese Rituale ihnen Orientierung gäben.

Der *Springer* erholt sich lange Zeit nicht von diesem Artikel, so sehr er auch gegen den Kulturkritiker wettert und ihn mit Drohungen überzieht. Durch den Artikel wird der Öffentlichkeit bewusst, der *Springer* ist gealtert und hat schon lange keinen neuen Rekord mehr aufgestellt. Nach dem Artikel kommen weniger Zuschauer zu seinen Auftritten, die nicht mehr live im Fernsehen übertragen werden. Es gibt andere Sportler, die ihm zunehmend die Schau stehlen. Als der *Springer* bei einem leichten Sprung einen Anfängerfehler macht und einen Unfall erleidet, spottet

das ganze Land über den in die Jahre gekomme-
nen Sportler. Er geht zu einem Arzt, der ihm sagt,
sein Gleichgewichtsorgan sei gestört. Wenn er
weiter so intensiv springe, gehe er ein hohes Ri-
siko ein. Schweren Herzens gibt der Springer
seine Karriere auf und zieht sich aus der Öffentlichkeit zurück. Er hegt weiter einen tiefen Groll
gegen den Kulturkritiker, dessen Artikel er als
den Anfangspunkt einer Hetzkampagne gegen
sich sieht, und will sich an ihm rächen. Der ehemalige *Springer* weiß zunächst nicht, was er sonst
mit sich anfangen soll, weil er sich bis dahin ausschließlich mit seinem Springen identifiziert hat.
Er denkt sich eine Menge irrationaler Dinge aus,
er will etwa noch fünf Kinder zeugen, obwohl
seine Frau bereits 45 Jahre alt ist, oder er will tatsächlich in die Politik einsteigen, wozu er keinerlei Talent hat. Er kämpft mit sich, um wieder einen Sinn in seinem Leben zu finden.

Der einzige Mensch, an dem der *Springer* hängt,
ist seine Frau. Nur sie konnte ihn in seiner *Sprin-
gerzeit* etwas am Boden halten, wenn er wieder zu
seinen grenzenlosen Höhenflügen abhob, aber
die beiden haben eine schwierige Beziehung. Er
ist noch immer eifersüchtig, dass auch sie erfolgreich ist und ihn in seinen Augen in seiner aktiven
Zeit nicht genügend bewundert hat. Sie ist eine

geachtete Fotografin, hat sich aber immer geweigert, ihren Mann zu fotografieren, denn sie wolle nicht Privates mit Beruflichem vermischen. Die beiden kennen sich seit ihrer Kindheit. Einige Male haben sie sich auch getrennt, wenn er wieder ganz maßlos geworden war, aber er konnte ohne sie nicht leben und nach einer Weile rannte er wieder zu ihr hin und bat sie tränenreich um Verzeihung.

Er fängt nach seinem Karriereende irgendwann an, sich auf die Terrasse zu setzen und nachzudenken. In seiner Zeit als *Springer* war er von einer Unruhe getrieben, die ihn von einem Auftritt zum nächsten hecheln ließ. Kein Hochhaus war ihm hoch genug, um es nicht mit dem Trampolin zu erklimmen. Jetzt kommt ihm dieser Ehrgeiz nichtig vor. Wieso hat er sich vor der halben Welt zum Affen gemacht, fragt er sich. Er wird sich allmählich bewusst, der Kulturkritiker hatte mit seinen Worten über den verborgenen kleinen Jungen in ihm nicht unrecht. In mühsamer Gedankenarbeit bringt der ehemalige *Springer* diesen kleinen Jungen in sich wieder zum Sprechen. Immer mehr betrachtet der *Springer* seine Vergangenheit mit offenen Augen, so dass sie ihn weniger schmerzt. Seine Frau staunt, wie umgänglich ihr Mann geworden ist.

Eine finnische Zeit

Im Sommer 1978 machten meine Eltern und ich Urlaub in *Finnland*. Die Tage waren lang und heiß. Wir fuhren mit unserem alten gelben Volvo bis an den nördlichsten Zipfel des Landes und setzten dann über auf die Insel Santa Teresa, die für ihre Olivenhaine und ihren schweren Rotwein berühmt war. Wir hatten ein Ferienhaus am Rande des einzigen Dorfes auf der Insel gemietet. Das Dorf hatte den unaussprechlichen Namen Unsolechespaccalepietre und zählte etwa 1000 Einwohner. Der Name bedeutet auf Finnisch: Eine Sonne, die die Steine bersten lässt, also eine sengende Hitze. Wir waren zu dieser Jahreszeit fast die einzigen Touristen in diesem Dorf, dessen Name ihm alle Ehre machte. Neben den Bewohnern von Unsolechespaccalepietre gab es noch weitere, verstreute Bauernhöfe auf Santa Teresa mit etwa 250 weiteren Bewohnern. Die sanft hügelige Insel hat in etwa die Größe Berlins. Überall, wohin man blickte, standen uralte Olivenbäume und Weinreben. Der Rotwein von Santa Teresa bestand zu 80 Prozent aus Trauben der Sorte *Vogliamatta* und zu 20 Prozent aus der Sorte *Diomiguardi*. Beide waren einheimische Reben, die unter der vielen Sonne von Santa Teresa besonders gut gediehen. Der *Vino Nobel di Santa Teresa*

hatte einen Geschmack nach Kirsche und Erd-
beere und hinterließ ein wohliges Gefühl in der
Kehle. Er erfreute sich großer Beliebtheit in der
ganzen Welt und besaß auch einen stolzen Preis.
Auf der Insel selbst jedoch war er für wenige finnische Lire zu haben. Zehn finnische Lire ent-
sprachen zu der Zeit etwa fünf Deutsche Mark.
Wir hatten in Helsinki bei der größten finnischen
Bank, der *Banca Nazionale del lavoro* genügend
Lire eingetauscht, um damit auf jeden Fall für den
Rest des Urlaubs über die Runden zu kommen.
Finnland war zu der Zeit noch ein sehr preiswer-
tes Land, so dass es in dieser Jahreszeit von Touristen überlaufen war, die sich gerne an den zahl-
losen Stränden aufhielten oder die noch zahlrei-
cheren Kulturdenkmäler des Landes ansehen
wollten, denn Finnland bewahrt bis heute eines
der größten Kulturerben des Erdballs. Aber nach
Santa Teresa kam kaum je ein Tourist, denn die
touristische Infrastruktur auf der Insel war sehr
dürftig, um es milde auszudrücken. Es gab kein
Hotel und nicht einmal ein Restaurant. Es gab nur
einen Kiosk auf dem zentralen Platz von Unsolechespaccalepietre, in dem man aber vom Toilet-
tenpapier bis zu einem tiefgefrorenen argentinischen Rindersteak fast alles kaufen konnte. Besonders in dieser Sommerzeit roch man jeden

Abend in Unsolechespaccalepietre den Geruch von gegrilltem Fleisch. Neben den argentinischen Steaks waren auch die roten Merguezwürste aus Nordafrika sehr beliebt. Abgesehen von diesem Sommerspleen nach exotischem Fleisch waren die Santa Teresianer zum größten Teil Selbstversorger. Von Tomaten, Zucchini und Auberginen bauten sie alles an, was das Klima nur hergab. Besonders stolz waren sie auf ihre alten Feigenbäume, aber zu der Zeit, als wir auf Santa Teresa unseren Urlaub verbrachten– wir waren kurz nach der Sommersonnenwende angekommen und hatten das große *festa di mezza estate* gerade verpasst – waren die Feigen noch lange nicht reif. Dieses Mittsommerfest wurde in ganz *Finnland* mit dem allergrößten Aufwand gefeiert. Nach dieser Feier begann die allgemeine Urlaubszeit in *Finnland* und die Städte leerten sich und es hieß, im Juli gehöre Helsinki den Deutschen und den Hunden, weil es einfach zu heiß dort war. Bei dem Mittsommerfest selbst versammelte sich die ganze Familie und es wurde bis tief in die Nacht gefeiert. Wer etwas auf sich hielt, holte bei dieser Feier seine lange gehüteten Reserven an *Vino Nobel di Santa Teresa* aus dem Keller. Auch meine Eltern und ich hatten das Fest in einem vornehmen Restaurant auf dem Lande in *Mittelfinnland* begangen und ebenfalls eine Flasche *Vino Nobel* von 1968 getrunken, der uns sündhafte 150 Lire gekostet hatte, aber Mutter hatte gesagt, wozu rackere ich mich das ganze Jahr ab, wenn wir uns nicht auch mal was extra leisten können. Und mein Vater hatte genickt und gesagt, du verdienst von uns beiden schließlich die Kröten und hast das Sagen. Wir waren damals noch eine sehr traditionelle Familie. Heutzutage gehen auch viele Männer einem Beruf nach. Damals hingegen war klar, wenn meine Mutter etwas bestimmte, war das Gesetz. Ich war einen Monat zuvor 18 Jahre alt geworden, aber damals wurde man erst mit 21 Jahren volljährig. Das war in ganz Europa so. Ich musste also meine Eltern um Erlaubnis bitten, wenn ich in der Öffentlichkeit Alkohol trinken wollte, aber Mutter erhob dagegen zum Glück keinen Einwand und Vaters Meinung zählte nicht. Ich konnte an diesem Festtag also den ersten Wein meines Lebens trinken. Erst kratzte der *Vino Nobel* in meiner Kehle und ich hätte ihn fast wieder ausgespuckt, aber um des lieben Familienfriedens willen schluckte ich ihn hinunter und nach kurzer Zeit breitete sich in meinem Magen ein wohliges Gefühl der Wärme aus, das einen Ehrenplatz in meiner Erinnerung hat. Voller Begeisterung trank ich auch den Rest des Weinglases aus, aber diese so betörende Wärme im Bauch habe ich nie wieder empfunden.

Wenige Tage später hatte uns eine Autofähre nach Santa Teresa übergesetzt und hier waren wir nun und würden für fast vier Wochen bleiben. Weswegen hatte meine Mutter ausgerechnet dieses Ferienhaus auf einer so gottverlassenen Insel ausgesucht?

Mutter ist 1990 gestorben. Da hatte ich gerade geheiratet und überlegte, ob ich die zukünftigen Kinder hüten oder doch lieber einen Beruf ergreifen sollte. Noch bevor ich zu einer Entscheidung gekommen war, war meine Frau schwanger geworden und ich blieb die ersten Jahre mit dem Kind zuhause, bevor ich dann doch Lehrer an einer Grundschule wurde, was eine Tätigkeit war, die viele Männer ausübten. Zum Glück war mein Vater noch am Leben. Er starb erst 2021 an einer Corona-Infektion. 1990 aber war er gerade 50 Jahre alt und noch gut in Schuss. Meine Mutter war zehn Jahre älter als er und durch ihren anstrengenden Beruf als stellvertretende Leiterin eines Kohlekraftwerkes ziemlich ausgelaugt. Jedenfalls kümmerte sich Vater viel um unsere kleine Tochter und kam so vielleicht auch besser hinweg über den Tod seiner Frau. Er wirkte erst etwas orientierungslos nach ihrem Ableben, weil er es nicht gewohnt war, Entscheidungen alleine zu treffen, aber meine Frau hat ihm aus dem Gröbsten herausgeholfen, weil sie auch in unserer Beziehung bis heute noch das Zepter führt, und ihre Vorschläge, um ein Problem zu lösen, sind oft gut durchdacht, während ich dazu neige, mich eher aus dem hohlen Bauch heraus für oder gegen etwas zu entscheiden, und mich damit schon so manches Mal in Schwierigkeiten gebracht habe, aber ich bin eben ein typischer Mann und emotionaler veranlagt als meine Frau. Seitdem ich arbeiten gehe, hat sich meine Unsicherheit etwas gelegt und manchmal hege ich sogar leichte Sympathien für die *Männisten*, die mit ihren radikalen Positionen seit einigen Jahren für so viel Aufsehen sorgen. Doch eigentlich bin ich ein eher traditioneller Mann, d. h. relativ brav, und das klassische Ehepaar, wie es seit so vielen Jahrhunderten existiert, ist meiner Ansicht nach auch stabiler und gerät weniger in Konfliktsituationen, als wenn jedes Verhalten jeden Tag erst neu verhandelt und austariert werden muss. Trotzdem hat sich vieles verändert in den letzten 45 Jahren und das ist auch gut so.

1978 auf Santa Teresa waren die Verhältnisse noch ganz andere und erst recht auf einer Insel, die kaum Kontakt zur Außenwelt hatte und noch sehr in eigentlich überholten bäuerlichen Strukturen verhaftet war, wo allein das Wort der Frau galt. Ich war in jenen Jahren noch etwas aufmüpfiger als heute und manchmal denke ich, Mutter wollte mir einfach mal zeigen, dass es in der Welt noch wesentlich rückständigere Gegenden gab als bei uns in Bielefeld und dass ich froh sein konnte, nicht auf Santa Teresa geboren worden zu sein. Mutter hat immer einen gewissen Hang zur Belehrung gehabt. Wer nicht hören will, muss fühlen, sagte sie manchmal. Ich finde diesen Spruch bis heute grauenvoll. Kurz vor seinem Tod deutete Vater an, auch er sei nicht immer einverstanden gewesen mit Mutter, aber ihr zu ihren Lebzeiten zu widersprechen, hat er sich nicht getraut. Vielleicht sehe ich jene Zeit heute kritischer, als sie es verdient hat, denn wer meine Eltern damals erlebte, hatte den Eindruck eines Paares, das sich wunderbar verstand, und dieser Eindruck täuschte nicht.

Das Ferienhaus, in das wir einzogen, gehörte einer reichen Bäuerin, die mit ihrer Familie drei Häuser weiter wohnte. Das Ferienhaus war das Haus ihrer Großmutter gewesen, die es in jahrelanger Arbeit selbst errichtet hatte, doch damals am Anfang des 20. Jahrhunderts hatte es weder fließendes Wasser noch eine Toilette im Haus gegeben und diese seit langer Zeit selbstverständlichen Errungenschaften des modernen Lebens, die in dieses Haus auch nachträglich nicht mehr hatten eingebaut werden können, hatten die Enkelin dazu bewogen, nicht weit weg einen Neubau zu errichten, der den neuen Gewohnheiten mehr entsprach.

Selbst für Mutter, die sonst vieles mit einem lässigen Schulterzucken ertrug, war die Primitivität unserer Unterkunft anfangs schwer zu ertragen und Vater schimpfte in den ersten beiden Tagen, wir sollten sofort wieder abreisen und unser Geld zurückverlangen. Als Vater Mutter schließlich dazu gebracht hatte, zu der Bäuerin zu gehen und sich zu beschweren, sagte diese nur, *s'abituera*. Vater schlug in seinem deutsch-finnischen Taschenwörterbuch von Langenscheidt nach und die Übersetzung der Worte brachte ihn noch mehr in Rage: *Sie werden sich daran gewöhnen*. Doch als der dritte Tag unseres Aufenthaltes anbrach, sahen wir das Haus plötzlich wie durch ein Wunder mit anderen Augen. Plötzlich machte es uns Spaß, Wasser an der Quelle zu holen oder auf das Örtchen zu gehen, das ein paar Schritte von dem Haus entfernt stand, oder uns mit der primitiven Dusche auf der anderen Seite des Hauses den Körper zu reinigen. Weitere zwei Tage vergingen und wir sagten uns, wir wollten hier nie wieder weg.

Als öffentlichen Ort gab es in Unsolechespaccale-pietre nur den Kiosk. Daneben befand sich eine kleine Zapfsäule, wo wir auch unseren alten Volvo betankten. Das Ganze machte einen sehr beschaulichen Eindruck. Auch wenn Bielefeld keine Weltstadt war, so war meine Heimatstadt doch deutlich belebter als dieses verschlafene Nest. Der Kioskbetreiber war ein bisschen ein Gauner und versuchte, uns immer noch ein paar Lire mehr aus der Nase zu ziehen und uns Sachen anzudrehen, die wir gar nicht benötigten und die bei ihm nur Ladenhüter waren. Vater war es gewohnt, mit etwas schlaumeierischen Ladenbesitzern umzugehen und nach ein paar Tagen parierte der Kioskbetreiber. Mir kam er so weit nett vor, weil ich als verwöhnter Junge noch nicht so viel von der Schläue von Händlern verstand. Der Händler umgarnte mich und schenkte mir kleine Süßigkeiten, bis es auch mir zu bunt wurde. Ich merkte außerdem, der Betreiber war ein großer Tratschonkel, der aus mir Informationen über meine Familie herausquetschen wollte. Er sprach ein kaum verständliches Mischmasch aus Finnisch und Englisch. Als er auch noch anfing, Schwedisch mit mir zu reden *Como stas?* antwortete ich ihm mit dem einzigen Wort, das ich auf Dänisch konnte: *Obrigado*, Danke und ging. Wir waren zunächst aber auf den Kiosk angewiesen, bis wir nach einer Weile argentinische Steaks gründlich satthatten. Zu der Zeit hatten wir auch verstanden, man konnte für wenig Geld wunderbares Gemüse auf den Bauernhöfen kaufen. Die Bauern schenkten uns gerne etwas extra, weil die Bewohner von Santa Teresa sehr gastfreundliche Menschen waren, wie wir rasch bemerkten. Nach einer Weile lieferten sich unsere Nachbarn einen Wettbewerb, wer uns zum üppigsten Abendessen einlud und für fast zehn Tage musste Vater nur das Frühstück zubereiten, weil wir ständig eingeladen wurden. Zum Mittagessen holten wir uns ein *Tramezzino* mit Lachs oder Thunfisch am Kiosk. Es gab hier auf Santa Teresa eine Bucht, wo sich zur Laichzeit die Thunfische tummelten und seit alters her jagten die beiden Fischerinnen von Santa Teresa diese großen Fische und die Bewohner froren große Portionen Thunfisch in ihren riesigen Gefrierboxen ein. Doch ich greife vor.

Schon an unserem zweiten Abend auf Santa Teresa hatte uns nämlich unsere Vermieterin zu einem Abendessen eingeladen. Sie stellte uns mit selbstsicherem Ton ihren recht schüchternen Mann und ihre 21-jährige Tochter Celeste und deren etwas älteren Bruder Mario vor. Ich merkte sofort, zwischen der Bäuerin und Celeste knatschte es deutlich. Celeste wirkte unruhig und aufgekratzt und versuchte immer wieder, ihrer Mutter eins auszuwischen. Diese ließ sich das nur schwer gefallen und reagierte alles andere als souverän auf die Provokationen ihrer Tochter. Celeste hatte das Temperament einer jungen Stute, die sich unbedingt nach oben durchbeißen wollte, obwohl ihr dazu die Ausdauer und die Erfahrung fehlten. Mut jedoch hatte sie. Ich blickte instinktiv zu ihr auf und empfand mich sofort als auf ihrer Seite stehend. Dass ich aber aktiv für sie Partei ergriffen hätte, kam für mich als Junge nicht in Frage. Eine solche Auseinandersetzung, wie wir sie hier erlebten, war Frauensache, aber auch Mutter hielt sich zurück, weil sie wohl keine Chance sah, hier irgendwie vermitteln zu können. Dieser Kampf musste bis zum bitteren Ende ausgefochten werden. Im Moment besaß Celeste wenig Aussichten auf den Sieg, aber in ein paar Jahren mochte sich das Blatt wenden. Celestes Vater war sichtlich stark beunruhigt wegen dieser offenen Zurschaustellung einer nahezu epischen Auseinandersetzung, die an die Kämpfe der alten Isländerinnen mit den Troerinnen erinnerten, die auf den Raub des Paris durch Helena zurückgingen.

In dem Zusammenhang fiel mir auch wieder die Geschichte mit dem altfinnischen Weltreich ein, das sich damals über fast ganz Europa erstreckte, bis die italienischen und spanischen Barbarinnen ihm den Garaus machten. Das war 476 nach Christa. So viel habe ich mir aus dem Geschichtsunterricht immerhin gemerkt, auch wenn ich Jahreszahlen sonst kaum im Kopf behalte.

Ich war jedenfalls voller Bewunderung für Celestes Kampf mit ihrer Mutter und gleichzeitig empfand ich, sie hätte vielleicht mehr erreicht, wenn sie nicht immer die direkte Konfrontation gesucht hätte, doch ich verstand zu wenig von der finnischen Mentalität, um das wirklich beurteilen zu können. Auch Mutter schien im Endeffekt etwas ratlos, was hier zu machen sei. Und Vater sagte erst recht nichts. Während die beiden Streithühner ihren Konflikt kaum pausieren ließen, wandte ich mich allmählich Mario, Celestes Bruder, zu, ein stiller junger Mann, der nur durch seine Blicke verriet, wie sehr ihn diese familiäre Auseinandersetzung belastete. Ich aber hatte das Gefühl, vielleicht könne ich bei ihm wenigstens eine kleine besänftigende Wirkung erzielen. Er schien mich sympathisch zu finden und nach einer Weile war er es, der vorschlug, sich auf die Bank im Garten zu setzen, die unter einem enormen Pinienbaum stand, dessen Krone man auch von unserem Haus aus bewundern konnte. Mario hatte ein unglaubliches Redebedürfnis und erzählte viel von seiner Familie und allgemein von den Zuständen auf Santa Teresa.

Wir unterhielten uns auf Englisch. Er meinte zunächst einige Male, *je suis le frère de Celeste*, als ob seine Identität von seiner Schwester abhänge. Er schien am Anfang unsicher zu sein, ob er mir vertrauen könne, aber je mehr er redete, desto offener wurden seine Worte. Er hat an diesem Abend großen Mut gezeigt, gegenüber einem fast fremden jungen Mann wie mir so direkt und ohne Scheuklappen gesprochen zu haben. Auch bei sexuellen Themen, die damals noch mehr ein Tabu waren, als sie es heute sind, nahm er kein Blatt vor den Mund, was für einen Mann damals ziemlich außergewöhnlich war. Diese Offenheit war einerseits sehr erfrischend, andererseits schockierte sie mich.

Junge Frauen, so Mario, würden sich nicht nur auf Santa Teresa zwischen den Beinen kratzen und Vagina-Symbole auf alte Mauern malen, was beides in Deutschland damals stark verpönt war. Jungen hingegen lernten von früh auf von ihren

Vätern, sie müssten sich mit ihrem Orgasmus zurückhalten, vor allem die Frauen sollten auf ihre Kosten kommen. Natürlich müssten die Männer erregt sein, aber bitte nur so, dass ihr Penis gerade gut steif bleibe, ansonsten sollten sie die Frau machen lassen. Eine Frau könne viele Männer haben, aber ein Mann, der viele Frauen habe, gelte sofort als *Hurich*. Finnische Frauen hätten einen Ruf, besonders *femahaft* zu sein. Sie machten ständig Männer an und seien nur darauf aus, ihre Vagina um den Penis zu schließen. Männer hätten beim Sex unten zu liegen und sich passiv zu verhalten. Oft kämen sie gar nicht zum Orgasmus, was von den Frauen auch so gewollt sei, weil sie schließlich nicht gleich schwanger werden wollten. Wenn sie nach fünf Orgasmen merkten, der Mann werde auch bald kommen, zögen sie ihre Vagina vom Penis weg. Wenn der Mann dann doch auf dem Bett ejakuliere, müsse er sofort das Laken wechseln und er schäme sich sehr wegen seines ungewollten Samenergusses. Wenn die Frau ihre Tage habe, müsse der Mann das Laken ebenfalls sofort waschen. All diese Dinge musste Mario mir erklären, denn ich hatte von alledem keine Ahnung. In meiner Familie sprach man nicht über solche Themen.

Wenn das Mädchen ihre erste Blutung habe, setzte Mario seine Erzählung fort, komme die ganze große Familie von überall her, um das zu feiern. Das sei immer ein ziemlicher Stress, weil man eine solche Feier nicht im Voraus planen könne, aber im Zweifelsfalle lasse man alles stehen und liegen, um dabei zu sein. Auf dieser Feier werde das Mädchen gefeiert wie eine Prinzessin und wegen ihrer ganzen Erziehung fühle sie sich den Jungen haushoch überlegen. So sei es besonders in *Finnland*, aber auch in anderen skandinavischen Ländern, wie Mario mir klar machte.

Ich erfuhr an diesem Abend unter dem Pinienbaum sehr viel von ihm über den *Femasmus* auf Santa Teresa und überhaupt im hohen Norden. Die jungen Frauen holten sich ihr Vergnügen mit den Jungs, aber wehe ein Junge komme in den Ruf, schon mit einer Frau geschlafen zu haben. Er müsse bei der Hochzeit jungmännlich sein. Wenn er eine Frau außerehelich geschwängert habe, falle die Schuld ausschließlich auf ihn und in solchen Fällen helfe nur eine Nothochzeit. In früheren Jahrzehnten wurde der Mann mit seinem Kind gar verstoßen und lebte in Elend und in Schande und musste sich in einer großen Stadt prostituieren oder auf der Straße betteln gehen.

Es war das erste Mal, dass ich einen vertieften Einblick in diese ganze sexuelle Thematik erhielt. Ich war zu jener Zeit eben noch fürchterlich naiv. Es ist zwischen Mario und mir an diesem Abend, den ich mein Leben lang nicht vergessen habe, ein starkes Band entstanden, wie dieser Urlaub überhaupt meine ganze Welt für lange Zeit auf den Kopf gestellt hat.

Plötzlich hörten wir aus einem Kellerfenster des Hauses unserer Vermieterin den Motor der Tiefkühltruhe. Ich erzählte Mario von dem Kioskbetreiber, bei dem wir an dem Tag zum ersten Mal einen Tramezzino mit Thunfisch gegessen hatten und der uns erzählt hatte, Tiefkühltruhen hätten für die Santa Teresianer eine große Bedeutung.

Früher hat man das anders gemacht, erklärte Mario – und ich war froh, dass unsere Unterhaltung, so sehr sie mich bisher auch gefesselt hatte, jetzt anscheinend auf ein weniger verfängliches Thema zusteuerte – weil hier im Winter lange Dunkelheit herrscht und viel Schnee fällt, der alle Olivenbäume und Weinreben zudeckt, damit diese Pflanzen vor der großen Kälte im Januar und Februar geschützt sind. Wenn also dieser Schnee fällt, haben ihn die Bewohner früher in großen Säcken auf ihre Esel geladen und zu einer Höhle in den Hügeln gebracht, diesen Schnee da reingestopft, damit er zu Eis gefror. Wenn es wieder wärmer wurde, hat man das Eis dann in Blöcken aus der Höhle herausgeschnitten und die Blöcke nach Unsolechespaccalepietre gebracht, damit man seine Getränke auch in der Sommerzeit kühlen konnte.

Mario sprach auch über seine Mutter. Sie arbeite zwar den ganzen Tag und sei der Motor des ganzen Familienbetriebes, aber im Grunde achte sie nur auf sich selbst und ihr Wohlbefinden und sei unfähig, einen anderen Menschen zu lieben. Sie habe eine vollkommen veraltete Vorstellung von der Welt. Sie sei einfältig und lernunfähig. Wie man es immer gemacht habe, solle man es auch weiter machen. Sie habe in jungen Jahren, als Celeste und Mario noch sehr klein waren, mit ihren eigenen Händen das Haus gebaut, in dem sie jetzt wohnten, aber seitdem stehe die Welt für seine Mutter offenbar still und noch über die kleinste Veränderung, wenn etwa der Vater am Kiosk ein neues Küchenmesser kaufe, werde so lange geredet und wieder geredet, als ob Schweden *Finnland* gerade den Krieg erklärt hätte. Dass sich die Welt hingegen auf ganz anderen Wegen immer weiter verändere, dass Männer nicht mehr bereit seien, den *Femasmus* der Frauen bis in alle Ewigkeit zu akzeptieren, wolle seiner Mutter einfach nicht in den Kopf. Wenn im Herbst manchmal eine Hilfe ins Haus komme, um dem Vater, der in dieser Zeit fast den ganzen Tag mit dem Einmachen der Fruchtmarmeladen beschäftigt sei, etwas im Haushalt zur Seite zu stehen, spreche die Mutter immer noch von einem *Zugehmann*, obwohl er, Mario diesen Ausdruck beschämend und erniedrigend finde. Er habe seiner Mutter ein paar Mal gesagt, sie solle das Wort nicht mehr verwenden, aber sie habe nur mit den Schultern gezuckt und geantwortet, er solle nicht so empfindsam sein. In Mutters Augen sind Männer alle Mimosen, die sich beim ersten Windhauch hinter der Scheune verstecken. Sein Vater, fuhr Mario fort, sei in der Tat schwach und unsicher und bilde keinerlei Gegengewicht gegen die autoritäre Mutter. Er wünsche sich manchmal einen stärkeren Vater, aber das käme auf Santa Teresa wohl einer Revolution gleich. Er lachte bei diesem letzten Satz und ich wusste nicht, ob es ein sarkastisches oder ein schon bitteres Lachen war.

So wie ich Marios Mutter an diesem Abend erlebt hatte, konnte ich seine Aussagen gut nachvollziehen. In meiner Vorstellung war eine Mutterautorität etwas Gutes, war eine Mutter ein Mensch, zu dem man aufblickte, den man bei Problemen um Rat fragen konnte. Hier erlebte ich eine Mutterfigur, die kontrovers war, die viele Schattenseiten hatte. Ich konnte den Hass, den sowohl Celeste als auch Mario gegen ihre Mutter fühlten, nachempfinden. Aus Solidarität mit ihnen fing auch ich an, gegenüber ihrer Mutter Abneigung zu spüren. Es war, als ob sich in meiner bisher heilen Welt das Böse, das Unschöne gezeigt habe. Jemanden zu hassen konnte einem das Herz zerreißen. Wenn man hasste, wurde man selbst auch ein wenig böse. Diese Einsichten habe ich an diesem Abend unter dem großen Pinienbaum nur sehr, sehr vage verspürt und es hat Jahre gebraucht, bis ich sie einigermaßen in Worte fassen konnte.

Mario hat mir an diesem Abend noch viele andere Dinge berichtet, denen ich mit Staunen zuhörte und die mir im Guten wie im Schlechten eine Welt eröffneten, von deren Existenz ich bisher nicht einmal etwas geahnt hatte. Wir merkten gar nicht, wie die Stunden vergingen, bis ich irgendwann – es muss nach Mitternacht gewesen sein – den Geruch von Mutters Pfeife wahrnahm, noch bevor ich die Augen hob und sie müden Schrittes auf uns zukommen sah. Sie sagte, es sei Zeit ins Bett zu gehen. Ich verabschiedete mich von Mario und folgte ihr.

Mutter hat die ganze Zeit auf Santa Teresa Pfeife geraucht. Auf ihrem Arbeitsplatz galt ein strenges

Rauchverbot. Sie konnte also nur im Urlaub oder zuhause Pfeife rauchen. Der Geruch nach Pfeifentabak hat für mich immer etwas von Heimat gehabt. Dass unsere Kleidung dann lange Zeit nach kaltem Rauch stank, ist mir erst in späteren Jahren bewusst geworden und heute darf niemand mehr in unserer Wohnung rauchen. 1986 diagnostizierte man bei meiner Mutter Lungenkrebs, sie musste zunächst eine Strahlentherapie und später eine lange und qualvolle Chemotherapie über sich ergehen lassen. Sie war immer eine sehr aktive und resolute Frau gewesen und sie hielt sich auch in ihren letzten Lebensjahren tapfer. Im Dezember 1989 stellten die Ärzte fest, der Krebs in ihrem Körper hatte sich bereits weit ausgebreitet. Ich habe meine Mutter immer bewundert für die Ausdauer, mit der sie diese Krankheit bis zuletzt ertragen hat. Ich kann mir kaum vorstellen, ich könnte als Mann in einer ähnlichen Lage so viel Haltung zeigen.

Damals 1978 aber war die Welt noch in Ordnung und wir fühlten uns sicher, denn in Moskau wachte die amerikanische Präsidentin über unsere Sicherheit und Freiheit und schützte uns vor den gefährlichen Russen jenseits des Atlantiks. Ich war immer wieder froh, dass uns ein ganzer Ozean von den Sowjets trennte, auch wenn Mutter immer wieder warnend sagte, die russischen Interkontinentalraketen könnten uns in wenigen Stunden treffen. Ich konnte mir das kaum vorstellen und habe bis heute kein wirkliches Gefühl für militärische und auch politische Sachverhalte. Vermutlich vermochte Mutter aufgrund ihrer leitenden Funktion solche Dinge wesentlich besser einzuschätzen, als das Vater oder ich konnten. Ich bin bis heute der Meinung, Männer können soziale Situationen besser beurteilen als Frauen, aber Frauen sind uns in strategischem Denken weit überlegen. Ob das nur ein kulturell und geschichtlich entstandener Unterschied ist oder hier hingegen auch die biologische Evolution eine wichtige Rolle spielt, vermag ich mit meinem kleinen Männerverstand nicht zu sagen, doch sicher ist, Frauen sind deutlich aggressiver als Männer und wissen sich besser durchzusetzen. Da haben wir Männer noch einiges zu lernen. Vielleicht ist das auch Humbug, was ich rede. Vielleicht schließe ich zu vorschnell von dem Verhältnis zwischen meinen Eltern und in meiner Ehe auf die gesamte Gesellschaft. Meine Frau sagt immer wieder, ich neige zu übereilten Verallgemeinerungen und damit hat sie vermutlich recht.

Mutter rauchte Pfeife zur Entspannung und räsonierte dabei über politische und gesellschaftliche

Fragen. Sie hätte es gerne gesehen, wenn der UN-Sicherheitsrat in Sankt Petersburg mehr Macht gehabt hätte, aber dieser Wunsch hat sich bis heute nicht erfüllt, wenn man sieht, wie wenig die Vereinten Nationen gegen den barbarischen Krieg der Russen gegen Mexiko unternehmen können. Aber generell scheint mir die Welt seit dem islamistischen Angriff auf Sankt Petersburg und Moskau vor 23 Jahren immer mehr aus den Fugen zu geraten. Von der drohenden Klima-erkaltung will ich gar nicht reden, sonst fange ich schon jetzt an zu bibbern. Ich bin schon wieder abgeschweift.

1978 war die Welt, ich wiederhole es, in meinen Augen noch in Ordnung. Zwar hatte es die War-nungen des *Club de Bucarest* gegeben, aber hier oben auf Santa Teresa vergingen die Tage inzwi-schen wieder, als ob auf der Welt nur Sonnen-schein herrsche. Das durfte man in jenem Som-mer durchaus wörtlich nehmen, denn es war ein noch heißerer Sommer, als man es in diesen Brei-tengraden eh schon gewohnt war. Die Sonne strahlte noch immer fast 24 Stunden am Tag, und wenn man sich nicht immer wieder mit Sonnen-creme eincremte, konnte die Göttin Helia einem ordentlich den Pelz verbrennen. Nach zwei Wo-chen an der frischen Luft und vielen

Spaziergängen unter den Olivenbäumen und zwischen den Weinreben und durch so manchen Pinienwald, die gerade in der etwas höher gelegenen Mitte der Insel standen, waren wir so braungebrannt, wir hätten selbst bei den schwarzen Ureinwohnern Kanadas für Aufsehen gesorgt.

Bei einigen unserer Ausflüge war auch Mario mitgekommen. Er und ich konnten uns stundenlang über alle möglichen Themen unterhalten. Ich hatte schon am ersten Abend verstanden, er wollte eigentlich weg von Santa Teresa, die Welt hier war ihm zu klein und eng, obwohl sie meinen Eltern und mir wie ein Paradies erscheinen mochte, aber vielleicht habe ich durch Marios heftige Kritik an seiner Heimat ein bisschen verstanden: Auch ein vermeintliches Paradies kann sehr viele Tücken und schwerwiegende Fehler aufweisen.

Obwohl Mario zuerst geboren war, war klar, seine Schwester würde als weiblicher Nachkomme den Hof erben, doch er wollte eh hinaus in die Welt, während, wie er mir sagte, Celeste sich sehr viel mehr mit ihrer Heimat verbunden fühlte und sich die wenigen Male, wenn sie die Insel habe verlassen müssen, wie ein Fisch auf dem Trockenen gefühlt habe.

Durch unsere regelmäßigen Aufenthalte am Kiosk und die vielen Einladungen zum Abendessen waren in diesen beiden ersten Wochen unseres Urlaubs auf Santa Teresa auch unsere *Finnischkenntnisse* deutlich besser geworden. Wir konnten einfache, aber auch etwas anspruchsvollere Unterhaltungen in der Landessprache führen. Man lobte unseren Eifer und unsere Aussprache und wir bildeten uns durchaus etwas ein auf unser unerwartetes Sprachtalent.

Mutter wollte sich für alle diese Abendessen erkenntlich zeigen, während Vater all das ohne große Hintergedanken dankend gerne annahm. Es war typisch für Mutter, sie wollte auf keinen Dankbarkeitsschulden sitzen bleiben. Am liebsten hätte sie für alle diese Abendessen auch bezahlt, denn ihr Motto war immer, Geldschulden seien immer noch am billigsten. Ich muss sagen, im Nachhinein finde ich diese Haltung von Mutter recht arrogant, aber vielleicht habe ich auch keine Ahnung davon, was es bedeutet, in einer gehobenen Führungsposition zu stehen. Ich habe in meiner Tätigkeit als Grundschullehrer immer nur kleine Kinder angeleitet und das kann man mit der Leitung eines Kohlekraftwerkes nicht vergleichen. Es war *de facto* Mutter, die dieses Kohlekraftwerk führte, denn die eigentliche Leiterin war eine Faulenzerin vor der Herrin. Mutter betonte jedoch immer wieder, sie sei froh, nicht die formelle Leitung des Kohlekraftwerkes zu haben, denn als stellvertretende Leiterin habe sie wesentlich mehr gestalterische Freiheiten und müsse außerdem weniger repräsentieren, was ihr ein Gräuel sei. Mutter war eben eine Frau, die wesentlich mehr auf die Substanz einer Sache achtete, als sich mit scheinbaren Nebensächlichkeiten aufzuhalten.

Wenn es Streit gab zwischen Mutter und Vater, ging es meistens um Mutters Vorwurf, er weiche dem Kern der Dinge aus, aber Mutter hat da, glaube ich, etwas Wesentliches nicht verstanden, wir Männer haben eben einen anderen Kern, wir funktionieren nach einer anderen Logik, die mit der der Frauen nicht immer zu vergleichen ist. Mutter war noch eine Frau alten Schlages, sie hatte Autorität und gab den Ton an. Solche Frauen gibt es heutzutage nicht mehr, was man bedauern kann, aber jenseits des Atlantiks gibt es ja noch solche Frauen. Man denke nur an die *de facto* Zarin Vladimira Trumpova mit ihrem grauenhaften Polterstil, der direkt aus der spätantiken Mottenkiste zu kommen scheint.

Einen kleinen, aber nur vorübergehenden Schatten auf unser Urlaubsglück warf unser deutscher

Nachbar Herr Lorenzen. Seit etlichen Jahren wohnte er auf Santa Teresa bzw. verbrachte hier die Sommermonate. Er stammte aus Berlin und besaß die typische Arroganz und unangenehme Schnauze eines Menschen, der glaubte, ihm solle die ganze Welt zu Füßen liegen. Schon am ersten Abend, nachdem wir uns gerade ein wenig eingerichtet hatten in unserem Ferienhaus, klopfte er an unsere Tür und bat um ein Kilo Mehl, weil er Besuch erwarte und einen Kuchen backen wolle. Vater hatte aus Bielefeld eine Packung Mehl mitgebracht und da er sich zuvorkommend zeigen wollte, holte er das Mehl aus einem der Koffer und gab es Lorenzen. Der bedankte sich kaum, als ob wir ein Supermarkt seien, bei dem man die Waren alle kostenlos erhalte, und kehrte in sein Haus zurück. Vater war empört über dieses Verhalten, aber am nächsten Morgen hatte er sich etwas beruhigt und meinte am Frühstückstisch, Lorenzen werde uns bestimmt drei, zumindest schmale Scheiben von dem Kuchen abgeben. Er machte dazu jedoch keinerlei Anstalten, sondern feierte bis spät in die Nacht eine laute Party, so dass wir kaum schlafen konnten. Als Lorenzen am nächsten Tag wieder an unserer Tür klopfte und um eine Flasche Milch bitten wollte für diejenigen Gäste, die bei ihm übernachtet hatten, gab

Mutter ihm auf höfliche, aber deutliche Art zu verstehen, er solle sich bei uns nicht mehr blicken lassen. Lorenzen entfernte sich und wir hörten ihn murmeln, wie schrecklich die arroganten deutschen Frauen noch immer seien, aber danach hatten wir unsere Ruhe.

Marios Schwester Celeste hatte ich an jenem ersten Abend bei unserer Vermieterin zwar bewundert, aber ansonsten mit ihr nur wenige Worte vor allem auf Englisch gewechselt, das sie nicht besonders gut sprach. Erst als schon etwa die Hälfte unseres Urlaubs vergangen war, sollte ich sie näher kennen lernen. Auf Santa Teresa war es meist ruhig und man hörte nur gelegentlich einen Traktor, aber eines Tages hörte ich in der Mittagszeit, als meine Eltern sich gerade hingelegt hatten, plötzlich einen gewaltigen Krach. Ich begab mich nach draußen, um zu sehen, was sich hier abspielte. Kurz darauf hielt eine Motorradgang vor unserem Haus. Es waren alles junge Frauen, die ohne Helm fuhren. Sie ließen mehrere Male ihre Motoren aufheulen, bis Celeste, die ich unter ihnen inzwischen erkannt hatte und die offenbar die Anführerin der Gang war, ihnen ein Zeichen gab, sie sollten damit aufhören.

Einen Moment war Ruhe, dann sprachen alle Frauen in hoher Lautstärke wild durcheinander. Ich konnte ihr Finnisch halbwegs, aber nicht wirklich verstehen, doch weder Celeste noch die anderen Frauen wollten mit mir auch nur ein Wort Englisch oder Französisch sprechen. Notgedrungen musste ich mich sehr anstrengen, um mit ihnen zu kommunizieren. Mit Celeste habe ich bis zum Schluss nur noch auf Finnisch gesprochen. Ich war dadurch ihr gegenüber in einem strategischen Nachteil, aber ich fühlte mich dadurch angespornt, mein Finnisch immer weiter zu verbessern. Noch heute spreche ich manchmal auf Finnisch mit mir selbst und wenn ich wütend bin, fluche ich auf Finnisch, denn finnische Flüche sind viel farbenreicher als die deutschen.

Der Mittagsschlaf meiner Eltern war besonders meiner Mutter heilig und ich befürchtete, sie würde wegen dieser Störung ihrer Mittagsruhe einen großen Terz machen, aber ich wagte nicht, dem Stimmenschwall von Celeste oder der anderen Frauen Einhalt zu gebieten. Meine Eltern müssen an diesem Tag jedoch einen sehr tiefen Schlaf gehabt haben, denn aus unserem Haus war kein Ton zu vernehmen. Celeste wollte mit solchen akustischen Gesten wohl absichtlich provozieren, weil sie sich generell gegen jede Autorität, also genauso gegen die meiner Mutter, auflehnte und vielleicht wollte sie auch mir zeigen, ich sollte mehr gegen meine Mutter rebellieren, was eigentlich gegen mein Naturell war.

An diesem Nachmittag aber ließ ich mich von Celeste vereinnahmen und tat etwas, was ich noch nie zuvor getan hatte. Ohne meine Eltern um Erlaubnis zu bitten oder ihnen auch nur einen Zettel zu hinterlassen, schwang ich mich, nachdem Celeste mich dazu aufgefordert hatte, hinten auf ihr Motorrad. Besonders Vater hatte große Angst vor der Gefährlichkeit des Motorradfahrens und wollte seinen Sohn keinesfalls auf einem solchen Gefährt sehen, das er, wie er einige Male gesagt hatte, für ein Fahrzeug des Teufels hielt. Mutter hatte seine diesbezüglichen Aussagen nie kommentiert, weil sie wohl eher der Meinung war, man müsse junge Menschen Dinge ausprobieren lassen.

Als ich das nächste Mal wieder einen bewussten Gedanken fassen konnte, waren wir bereits einige Kilometer in einem wilden Tempo gefahren. Die Strecke war kurvenreich und es schien mir jedes Mal, als ob Celestes Motorrad in der nächsten Kurve zu Boden stürzen müsse und ich mein Leben für einen kurzen Augenblick der totalen Erregung verschenkt hätte, doch nach einer Weile fasste ich Vertrauen in Celestes Fahrkünste und fing an, dieses aufregende Abenteuer zu genießen. Ich tat zudem zum ersten Mal etwas, was ich in meinem bisherigen Leben als schwere Sünde verurteilt hätte: Als wir an einigen Pfirsichbäumen hielten, die offenbar einer Bäuerin in der Nähe gehörten, und die jungen Frauen alle anfingen, sich die schon reifen Früchte in den Mund zu stecken, wollte ich protestieren, das sei Diebstahl und man dürfe das nicht machen, aber Celeste forderte mich auf, ebenfalls einen Pfirsich zu pflücken, und ich folgte ihrem Beispiel, obwohl ich mich innerlich sehr durcheinander fühlte, hier vielleicht eine Grenze zu übertreten, die mich ins Verderben stürzen konnte. Aber es geschah nichts und wenige Minuten später saßen wir wieder auf unseren Motorrädern und fuhren unbekümmert weiter, als ob wir die Pfirsiche regulär bezahlt hätten.

Wenig später hielten wir wieder an und die Frauen hockten sich an den Straßenrand und pinkelten, während ich mich das nicht traute, obwohl auch ich Wasser lassen musste. Irgendwann versteckte ich mich hinter einem Baum und urinierte. Die Frauen schienen mich auszulachen, weil ich so ein Gewese um diese doch ganz natürliche Sache machte. Während ich aber hinter dem

Baum stand, hatte ich das Gefühl, die Frauen schauten begierig in meine Richtung und hätten mich gerne nackt ausgezogen, aber ich wusste, ich stand unter Celestes Schutz, und fühlte mich sicher.

Als sie mich um zehn Uhr abends – es war immer noch gut hell – wieder vor unserem Haus absetzte, zog sie mich für einen kurzen Moment an sich und gab mir einen Kuss auf den Mund.

Weder Vater noch Mutter sagten etwas, als ich das Haus betrat, aber Mutter warf mir einen strengen Blick zu. Ich wusste nicht, ob ich mich schuldig fühlen und mich entschuldigen oder ob ich einfach in mein Zimmer gehen sollte, als ob nichts vorgefallen sei. Ich entschied mich für einen Kompromiss und setzte mich zu meinen Eltern, aber keiner von uns brachte ein Wort hervor, bis ich ihnen eine gute Nacht wünschte und nach oben ging. Ich lag im Bett und musste die halbe Nacht den Empfindungen dieses außergewöhnlichen Tages nachspüren, bevor ich schließlich gegen vier Uhr morgens einschlief. Am Morgen träumte ich von Celeste und wachte mit einem Gefühl der Seligkeit auf, als ob zehn Engel mich besucht hätten.

Zwei Tage später kam Celeste mit ihrer Gang erneut zu unserem Haus. Als ich mich gerade hinten auf ihr Motorrad setzen wollte, kam Vater aus dem Haus und machte eine Szene. Er bat uns, ob wir unseren Ausflug nicht auch mit Fahrrädern machen könnten, das Motorradfahren sei gefährlich, aber die jungen Frauen und auch Celeste lachten ihn aus. Betreten und beleidigt kehrte Vater wieder ins Haus zurück. Er tat mir leid. Im Nachhinein denke ich, diese Bitte, die er an uns gerichtet hat, war einer der wenigen Momente, wo er versucht hat, sich aus seiner für meine Mutter und mich oft anstrengenden Passivität zu befreien. Dass er mit seiner naiven Bitte keinen Erfolg haben würde, war ihm vermutlich selbst klar, dass er es dennoch versucht hat, rechne ich ihm inzwischen hoch an.

Kurze Zeit später erlebte ich am eigenen Leib, dass Vaters Warnungen nicht nur in den Wind gesprochen waren. Durch eine Ungeschicklichkeit meinerseits wären Celeste und ich fast in einer besonders steilen Kurve gestürzt. Einen Moment lang glaubte ich, dies könne das Ende sein. Celeste tat zwar so, als ob dieser Beinaheunfall nur eine Kleinigkeit gewesen sei, aber ich hatte am Zittern ihrer Beine, das sich erst nach ein, zwei Minuten wieder beruhigte, gemerkt, auch sie hatte einen großen Schrecken bekommen, aber zum Glück trotzdem die Nerven behalten und das Motorrad sicher aus der gefährlichen Situation geführt. Auch die anderen jungen Frauen hatten in dieser für uns beide so gefahrvollen Lage bleiche Gesichter bekommen und wirkten beklommen, obwohl sie rasch wieder in ihren coolen weiblichen Modus verfielen und sich auf der kurvenreichen Strecke bald erneut kleine Wettrennen lieferten. Ich aber machte mir selbst große Vorwürfe, so unachtsam gewesen zu sein. Obwohl wir die Fahrt fortsetzten, als ob nichts geschehen sei, war ich froh, mich am Abend ins Bett legen und mich ausheulen zu können. Vielleicht ist dieser Vorfall auch der Grund gewesen, weswegen ich mit Mitte zwanzig zwar den Führerschein gemacht, aber selbst nie ein Auto besessen habe und auch heute noch lieber mit den öffentlichen Verkehrsmitteln fahre, als mich ans Steuer eines Autos zu setzen. Ich habe weder Vater noch Mutter je von diesem Beinaheunfall erzählt und erst recht nicht während dieses Urlaubs auf Santa Teresa, denn selbst meine tolerante und nachsichtige Mutter hätte mir verboten, mich wieder bei Celeste auf das Motorrad zu setzen, und bei allem Schrecken, den ich in dieser steilen Kurve durchgemacht hatte, kam es für mich nicht in Frage, auf diese Fahrten mit Celeste zu verzichten. Eher hätte ich mich in ein Gefängnis sperren lassen.

Wieder zwei Tage später kam Celeste allein auf ihrem Motorrad. Sie grinste verwegen, als ob sie etwas mit mir vorhabe, das ich aber noch nicht erfahren durfte. Ihr war kein bisschen anzumerken, ob ihr der Schrecken wegen unseres Beinaheunfalls noch in den Knochen saß oder nicht. Vielleicht fühlte auch ich mich etwas verwegener, als ob ich mir gesagt hätte, jetzt erst recht. Andererseits hatte mich Celestes Blick extrem neugierig gemacht, was sie mit mir vorhatte. Ich setzte mich hinten auf das Zweirad, als ob ich ein kleiner Junge sei, der es nicht erwarten kann, zu Weihnachten die große Puppe geschenkt zu bekommen, die die Weihnachtsfrau ihm versprochen hat. Ich wollte dieses geheimnisvolle Gefühl nicht entzaubern und fragte nicht, wohin wir führen.

Als wir schließlich an einem kleinen See, der *lago di Frasimeno* hieß, wie mir Celeste zuflüsterte, in der hügeligen Mitte von Santa Teresa ankamen, nahm sie mich bei der Hand und führte mich zu einer kleinen Holzhütte. Sie sagte, sie habe diese Sauna zusammen mit den anderen jungen Frauen gebaut. Wenn ihre Mutter davon erführe, würde sie die Sauna eigenhändig abreißen. Die Sauna sei noch ganz neu und sie sei noch nie mit einem Mann hier gewesen. Sie öffnete die Tür zu der Saunahütte und zeigte mir den Ofen und das

Pinienholz, mit dem sie ihn anfeuern wollte. Sie gab mir einen Pinienzapfen in die Hand, der viel größer war als die Tannenzapfen, die es in meiner Heimat gab. Ich bat Celeste, ob ich einen solchen Pinienzapfen mit nach Deutschland nehmen könne. Sie griff in die Holzkiste und mit einer gespielten Verbeugung überreichte sie mir ein besonders schönes Exemplar, das ich in meinen Rucksack steckte und das bis heute einen Ehrenplatz in meinem Regal hat. Celeste nahm einen anderen Pinienzapfen und zeigte mir die Nüsse, die sich hinter den dicken Blättern des Zapfens versteckten. Sie legte eine dieser Nüsse auf den Boden, nahm einen Stein, zerschlug die Nussschale und überreichte mir die weiß-gelbliche Frucht, die angenehm und zart schmeckte.

Trotz der Warnungen ihres Bruders Mario erlag ich immer mehr dem *femastischen* Zauber von Celeste. Und trotz ihrer manchmal herben Art konnte sie auch charmant und verführerisch sein. Sie hatte bestimmte eingespielte Modi, mir lauter Komplimente zu machen, wie hübsch und intelligent ich sei, wie sehr ich ihr gefiele, auf die ich in dem Moment hereinfiel, weil ich sie nicht gewohnt war, weil ich sie nicht kannte. Ich wurde ganz rot und fühlte mich geschmeichelt, als wir uns noch angezogen auf die Saunabank setzten.

Während ich etwas verschämt zu Boden blickte und mir nicht sicher war, ob der Zauber und die Aufregung, die ich empfand, wirklich real waren oder sich doch nur als ein geschickt gewickeltes Windei entpuppen würden, hatte Celeste sich am Oberkörper nackt ausgezogen. Es war eine brüske Geste, die ich so schnell nicht erwartet hatte, die mir etwas zu schnell kam. Ich fühlte mich überrumpelt und wurde wohl noch röter im Gesicht. Celeste, deren Busen ich mit einer Mischung aus Entsetzen und Faszination anstarrte und die meine immer stärker werdende Verlegenheit noch nicht bemerkt zu haben schien, legte ihren Arm um meine Schulter und spreizte ihre Oberkörpermuskeln auf, als ob sie mir mit ihrem starken weiblichen Brustkorb imponieren wollte. Ich habe dieses Bild noch immer vor mir, als ob uns jemand in diesem Moment fotografiert hätte. Mir ist diese *femastische* Geste von Celeste bis heute nicht mehr aus dem Kopf gegangen. Ich gebe zu, mir hat diese Geste damals auch imponiert. Trotzdem fühlte ich mich unsicher. Celeste drückte mich fester an sich und wollte mich küssen. Meine Emotionen spielten Pingpong mit mir. Mir kam ein altes finnisches Lied in den Sinn *vorrei e non vorrei*, das ich vor kurzem im Radio gehört und das eine sehr eingängige Melodie hatte.

Ich spürte eine Süße in meinem Herzen, als ob es nur noch aus Zucker bestehe. Doch etwas hielt mich davon ab, mich Celeste ganz hinzugeben. Die Vorstellung, mich in der Sauna vor ihr nackt auszuziehen und ihr meine nackte Brust und meinen Penis zu zeigen, behagte mir nicht. Ich gab Celeste in meinem gebrochenen Finnisch zu verstehen, mein Kopf sei noch nicht dazu bereit, wonach unsere Sinne mit brennender Gier verlangten.

Es war, als ob in ihr ein Kartenhaus zusammenbreche, an dem sie lange gebastelt hatte. Die Enttäuschung war ihr ins Gesicht geschrieben. Sie zog sich rasch wieder ihre Bluse an und forderte mich mit einer kalten Geste auf, meinen Rucksack, den ich auf den Saunaboden gestellt hatte, wieder an mich zu nehmen. Während sie die Sauna abschloss, schaute sie, als ob ich ihr ein schweres Unrecht angetan hätte. Sie stieg aufs Motorrad und bedeutete mir, hinten Platz zu nehmen. Ich fühlte mich, als ob ich sie verraten hätte. Sie fuhr mich, ohne ein weiteres Wort zu sagen, wieder zu unserem Ferienhaus.

Als ich bis spät in die Nacht schlaflos in meinem Bett lag, fragte ich mich immer mehr, wieso ich mich nicht auf Celeste eingelassen hatte. Und je mehr ich innerlich über meine Ängstlichkeit schimpfte, desto mehr merkte ich, ich liebte Celeste mit meinem ganzen Herzen und wollte für immer mit ihr zusammen sein. Doch ich hatte sie offenbar tief verletzt mit meiner Ablehnung, denn es vergingen Tage, ohne dass sie sich wieder zeigte. Ihr Ausbleiben machte mir klar, auch sie hegte tiefe Gefühle für mich. Hinter ihrer provokativen Art musste sie sich genauso unsicher fühlen wie alle anderen Menschen in unserem damaligen Alter. Diese Erkenntnis war für mich sehr bewegend. Dass Frauen auch unsicher sein konnten, war neu für mich. Bisher waren alle Frauen für mich wie Mutter gewesen. Also mit beiden Beinen fest im Leben stehend.

Wenn die Direktorin des Kohlekraftwerks, deren stellvertretende Leiterin meine Mutter war, nicht plötzlich verstorben wäre, was meiner Mutter in einem Telegramm mitgeteilt wurde, das uns beim Frühstück nach genau drei Wochen erreichte, seitdem wir uns auf Santa Teresa befanden; wenn sich also nicht die Notwendigkeit ergeben hätte, plötzlich abreisen zu müssen, weil Mutter zur Nachfolgerin der verstorbenen Direktorin bestimmt worden war, hätte ich Celeste vermutlich nie wiedergesehen.

Mutter ging zur Vermieterin, um ihr mitzuteilen, wir würden früher als geplant abreisen. Die Vermieterin, mit der wir seit dem ersten Abend immer mal wieder kurze Unterhaltungen geführt hatten, wenn sie auf ihrem Traktor an unserem Haus vorbeikam – die Beziehung zu ihr war jedoch immer etwas distanziert geblieben –, bestand darauf, uns einen Teil der Miete zurückzuzahlen, was Mutter partout nicht akzeptieren wollte, aber am Ende hatte sich die Vermieterin mit ihrer vielleicht nur gespielten, aber beharrlichen Großzügigkeit durchgesetzt, was mir im Stillen eine gewisse Genugtuung bereitete, dass Mutter auf jemanden gestoßen war, die hartnäckiger sein konnte als sie.

Die Bäuerin muss es ihrer Tochter mitgeteilt haben, dass wir am nächsten Morgen losfahren würden. Es war bereits spät, als ich das vertraute Knattern von Celestes Motorrad hörte. Ich steckte ein Handtuch in meinen Rucksack und schlich mich nach draußen. Es schien mir, als ob Celeste Tränen in den Augen hatte, als wir uns umarmten, aber es mochte auch der Fahrtwind gewesen sein, der ihr dieses feuchte Auge abverlangte. Ohne ein weiteres Wort zu sagen, schwang ich mich hinten auf das Motorrad und wir fuhren los.

Celeste schien eine große Wut in sich zu verspüren, denn sie fuhr noch aggressiver als die anderen Male. Ich hatte meine Arme um ihren Bauch geschlungen und fühlte mich trotz der hohen Geschwindigkeit, mit der wir die zahlreichen Kurven der Strecke nahmen, sicher und geborgen. Nachdem sie die gefährliche Situation bei unserem vorletzten Treffen trotz ihrer Ängste so souverän gemeistert hatte, wie es mir von Tag zu Tag mehr erschien, hatte ich ein unendliches Vertrauen in Celestes Fahrkünste entwickelt. Ich hätte ihr, ohne eine Sekunde zu zögern, mein Leben anvertraut. Vielleicht tat ich das ja gerade in diesem Moment. Das war eine sehr schöne Empfindung. Nach einer Weile merkte ich, Celeste entspannte sich zunehmend, vielleicht weil sie meine weichen männlichen Hände um ihren Bauch als beruhigend und wohltuend empfand. Sie fuhr sogar etwas langsamer.

Ich hatte gedacht, wir führen wieder zu der Sauna am *lago di Frasimeno,* und hatte deshalb das Handtuch mitgenommen, denn ich wäre bereit gewesen, in dieser unserer letzten Nacht Celeste bis ans Ende der Welt zu folgen, aber nach einer Weile bog sie zu meiner Überraschung auf eine Straße ab, die ich noch nicht kannte. Die Straße war von dunklen Zypressen gesäumt und führte auf eine Anhöhe, auf der ein kleines, verfallenes Haus stand. Vor diesem Haus hielt Celeste und ließ mich absteigen. Sie bedeutete mir, ich solle mich auf die kleine Treppe vor dem Hauseingang setzen, denn eine andere Sitzgelegenheit gab es hier nicht. Als ich auf dem kühlen und dunklen Stein Platz genommen hatte, verstand ich, wieso Celeste diesen Ort ausgesucht hatte. Es war inzwischen dunkel geworden und die Sterne glänzten mit einer solchen Pracht am Himmel, als ob sie extra in dieser Nacht von überallher herbeigeeilt seien, um sich uns zu präsentieren. Ich hatte die Milchstraße in meinem Leben noch nie gesehen, da die Nächte in Bielefeld wegen der vom Menschen verursachten Lichter einfach zu hell sind. Natürlich hatte ich von der Milchstraße gehört, von der ich aber keine wirkliche Vorstellung hatte. Ihr Anblick in dieser kurzen Nacht hat mich überwältigt. Ich hatte vielleicht noch nie etwas so Schönes gesehen. Celeste hatte sich neben mich gesetzt und ich nahm ihre Hand, um ihr meine Dankbarkeit dafür auszudrücken, dass sie mich hierhergebracht hatte. Lange Zeit saßen wir schweigend da und hielten uns aneinander fest. Auch Celeste, die doch sonst immer so cool und unnahbar tat, schien bewegt.

Als es nach etwa einer Stunde wieder zu däm-
mern anfing, sagte ich Celeste, ich hätte Durst.
Ich hatte außer dem Handtuch nichts für diese
Fahrt mitgenommen. (Heute wäre es mir unvor-
stellbar, ohne eine Handtasche mit allem Notwen-
digen wie Lippenstift oder Ähnlichem aus dem
Haus zu gehen.) Celeste holte eine leere Flasche
aus ihrem alten, verbeulten Rucksack und wir
gingen zu einer kleinen Quelle, die sich ganz in
der Nähe des Hauses befand. Das Wasser war so
kalt, dass mir einen Moment die Zähne schmerz-
ten, als ich es begierig trank, aber es schmeckte
köstlich und belebte meine Sinne. Obwohl dies
Momente waren, die ich vielleicht nie vergessen
würde, hatte ich, als wir von der Steintreppe aufgestanden waren, um zu der Quelle zu gehen, ein
Gähnen unterdrücken müssen. Ich hoffte instän-
dig, Celeste hatte es nicht bemerkt. Das frische
Wasser wirkte jetzt wie ein dreifacher, starker Espresso, der ja zu jeder Tages- und Nachtzeit in allen finnischen Bars angeboten wurde. Ich hatte
auf Santa Teresa bisher wenig Gelegenheit gehabt,
einen Espresso zu probieren, und war in jenen
Jahren, im Gegensatz zu heute, auch noch kein
großer Kaffeetrinker. Wenn ich an diesen Urlaub
zurückdenke und mich frage, ob in diesen Wochen irgendetwas gefehlt hat, dann ist das Einzige,

was mir aus heutiger Sicht einfällt, ich hätte vielleicht noch öfter zu dem mir eigentlich unsympathischen Kioskbetreiber gehen und bei ihm einen Espresso trinken sollen, denn nicht nur war ganz Finnland für seinen ausgezeichneten Espresso berühmt, sondern nach Aussage der Bewohner von Unsolechespaccalepietre war auch der Espresso des Kioskbetreibers nicht von schlechten Eltern, auch wenn sein sonstiges Angebot manchmal zu wünschen übrig ließ.

Wir setzten uns wieder auf die Steintreppe. Ab und zu tranken wir einen Schluck aus der Wasserflasche. Mehr brauchten wir nicht. Die Sonne stieg, wie mir schien, mit unendlicher Langsamkeit über den Horizont, der in einem magischen orange- und purpurfarbenen Mantel erstrahlte. Wir mussten keine Worte wechseln, aber wir wollten diesen Zustand so lange als möglich in unser Inneres aufnehmen. Wenn ich heute noch manchmal einen schönen Sonnenaufgang sehe, gehen meine Gedanken sofort zu dieser kleinen Steintreppe zurück, auf der wir saßen und langsam anfingen zu frieren, denn es kam ein frischer Wind auf. Keiner von uns beiden hatte eine Jacke dabei. Wir versuchten uns mit unseren Nierengurten zu wärmen, die wir am Motorrad gelassen hatten. Celeste rieb mich an meinen Armen, bis mir wieder etwas wärmer wurde.

Ich fragte mich derweil wieder, wieso Celeste mit mir nicht zu der Sauna gefahren war, um das von meiner Ängstlichkeit unterbrochene Spiel fortzusetzen. Sie musste doch spüren, ich war in dieser Nacht zu allem bereit, doch offenbar wollte sie meine Willigkeit nicht ausnutzen und hatte sich für eine langsamere Gangart entschieden. Obwohl ich gerade fror und in dem Moment vielleicht lieber die Hitze einer Sauna auf meiner Gänsehaut verspürt hätte, war ich Celeste dankbar, dass sie sich weniger *femastisch* verhielt als auf der Saunabank. Ihre Zartheit und Feinfühligkeit, die sie damit demonstrierte, wärmte meine Seele von innen und irgendwann hörte ich auf zu zittern oder bemerkte die Kälte jedenfalls nicht mehr.

Entgegen ihrer sonstigen Gewohnheit sprach Celeste in dieser Nacht mit einer leisen Stimme. Sie erzählte, Santa Teresa bedeute ihr mehr als alles andere auf der Welt und sie werde nie von hier fortgehen. Ich fragte sie, ob es denn gar kein anderes Land gebe, das sie reize. Doch, erwiderte sie, einmal in ihrem Leben wolle sie nach Italien fahren. Sie habe ihren Eltern oder ihrem Bruder nichts davon gesagt, aber sie lerne heimlich

Italienisch, um vielleicht nächstes oder über-
nächstes Jahr über die Alpen in dieses Land zu
fahren, das barbarisch schön sein müsse. Sie
nannte einige Orte oder Gegenden, die sie unbedingt besuchen wolle. Sie nannte sie bei ihrem italienischen Namen, die aus ihrem Mund wie ein
Zauber klangen: Gardajärvi, Venetsia, Rooma,
Sisilia. Sie wolle auch einmal *italialainen vodka*
trinken, der hier in Finnland so schwer zu haben
sei. Was heißt denn, *italialainen*, fragte ich Celeste. Sie antwortete, das ist Italienisch für italienisch. Im Finnischen klingt das viel einfacher,
sagte ich. Celeste erwiderte, auch im Italienischen
hat das Wort einen schönen Klang. Und wie sagt
man Guten Tag auf Italienisch oder Herzlich
Willkommen, fragte ich. *Hyvää päivää* und *Ter-
vetuloa*. Ich musste lachen, weil diese Wörter so
komisch klangen. Und weißt du, was das heißt,
fragte Celeste und wurde ganz rot im Gesicht: *Pi-
dän sinusta*. Ich hatte keine Ahnung, was das bedeutete, aber ich verstand es trotzdem und antwortete ihr auf Finnisch: *ti voglio bene anch'io*, ich
mag dich auch. Celeste gab mir daraufhin einen
Kuss, der so süß, so natürlich und einmalig
schmeckte wie eine überreife Erdbeere, die man
selbst vom Feld gepflückt hat und sich ungewa-
schen in den Mund steckt. Italienisch klingt

jedenfalls ziemlich kompliziert, sagten wir beide im Chor, als wir unseren langen Kuss beendet hatten, und brachen in schallendes Lachen aus, das, so empfanden wir es zumindest in diesem Augenblick, über die ganze Insel widerhallte.

Celeste sprach auch über den Konflikt mit ihrer Mutter und ihre Stimme entwickelte dabei eine Weichheit, wie ich sie an ihr noch nicht erlebt hatte. Irgendwann fing sie an zu weinen und legte ihren Kopf in meinen Schoß, was mich sehr verwunderte, denn nicht nur in Paris heißt es: *Big girls don't cry.*

Vielleicht gibt es eine Nacht wie diese nur einmal im Leben. Wer eine solche Verzauberung erlebt hat, bewahrt sie für immer in seinem Herzen. In dieser Nacht hatte sich eine große Sehnsucht erfüllt, so dass wir uns zum Himmel öffneten und Göttin so nah waren, wie wir es nie wieder sein würden. Wir trugen einen Schatz in unserer Brust, der uns reich machte für den Rest unseres Lebens. Diese Nacht hat uns ewig aneinander gebunden, auch wenn wir uns nach diesem Urlaub nie wieder begegnet sind. Mein Herz war so voller Seligkeit, dass es schier zu bersten drohte.

Als ich mich gegen sechs Uhr zurück ins Haus schlich, saß Vater im Wohnzimmer und hatte offenbar die ganze Nacht kein Auge zugedrückt. Er sah meine verweinten, aber sprühenden Augen und lächelte müde, aber zufrieden.

Zwei Stunden später sind wir in unserem gelben Volvo losgefahren. Ich schaute mich um, ob ich irgendwo Celeste erblickte, aber ich sah nur Herrn Lorenzen, der hämisch von seiner Terrasse aus grinste und froh schien, uns endlich loszuwerden. Ich streckte ihm die Zunge raus. Er tat so, als ob er es nicht bemerkt habe. Schließlich entdeckte ich Celeste hinter einem Baum. Sie saß auf ihrem Motorrad und schaute mich schweigend und in sich versunken an. Ich winkte ihr zu. Mutter schien weder von meinem nächtlichen Ausbleiben noch von meiner tiefen Ergriffenheit in diesem Moment etwas mitbekommen zu haben und sagte, als wir uns ins Auto gesetzt hatten: Auf geht's und schnallt euch bitte an. Ich blickte durch die Rückscheibe, ob ich Celeste noch einmal sehen könne. Ich winkte mit beiden Armen, aber ich war mir nicht sicher, ob sie es bemerkte.

Ein Jahr nach unserem Urlaub auf Santa Teresa ist Mario zu uns nach Bielefeld gezogen, um an der Universität Germanistik und Geschichte auf Lehramt zu studieren. Wir wurden wie Brüder und er ist mir in den Jahren, als meine Mutter krank wurde, eine große Stütze gewesen. Einmal im Jahr fährt er zum Mittsommerfest nach Santa Teresa, aber er ist froh, wenn er wieder nach Bielefeld zurückkehren kann, wo er inzwischen seine Studienfächer am Städtischen Ceciliengymnasium unterrichtet.

Schon in den 1980er Jahren wurden die Sommer auf Santa Teresa aufgrund der *Klimaerkaltung* kühler und regnerischer. Die meisten Olivenbäume und Weinreben sind inzwischen eingegangen. Der Konflikt zwischen Celeste und ihrer Mutter hat sich aufgrund dieser dramatischen Entwicklung immer weiter zugespitzt. Die letzten Jahre haben sie, obwohl sie noch zusammen unter einem Dach lebten, nicht mehr miteinander gesprochen. Dennoch hat Celeste den Hof ihrer Mutter geerbt, die am selben Tag wie meine Mutter verstorben ist. Später hat sie geheiratet und drei Töchter auf die Welt gesetzt. Eine arbeitet als Informatikerin, die andere als Gesundheitsexpertin und die jüngste will Schriftstellerin werden. Alle drei wohnen in Helsinki. Celestes Mann ist seit längerem krank und das Paar verdient nur wenig. Auch das Haus ist in einem schlechten Zustand, aber aufgeben will Celeste nicht. Auf ihre Hauswand hat sie, wie Mario erzählt hat, in großen weißen Lettern geschrieben: *Santa Teresa pour toujours.*

Die Uhr

Meine Uhr ist sehr alt, aber toi, toi, toi ist sie bisher noch nie stehengeblieben. Ich behandele sie pfleglich und ziehe sie jeden Morgen auf. Es ist mal eine teure Uhr gewesen, die ich von meinem Vater geerbt habe. Er hat sie viele Jahre gehabt und auch ich besitze sie seit fast 20 Jahren. Die Uhr bedeutet mir viel. Ich bringe sie zum Warten immer wieder zum selben *Uhrmacher*. Er ist schon sehr alt und hat sein Geschäft nur noch zwei Vormittage in der Woche geöffnet, d. h. ich muss mir immer eine Auszeit von ein paar Stunden nehmen vom Büro, wenn ich ihm die Uhr bringe, aber das mache ich gerne, denn der alte Mann kann mir auch wunderbare Geschichten über Uhren erzählen. Das Thema Zeit hat mich schon immer fasziniert und manchmal denke ich, wenn meine Uhr eines Tages stehenbleibt, wird auch die Welt stillstehen.

Ich bin gerade unterwegs zu dem *Uhrmacher*, als ich einen schrecklichen Unfall miterlebe. Eine Radfahrerin gerät unter einen Lastwagen und wird fast von ihm überrollt. Ich sehe, sie ist unter dem Lastwagen eingeklemmt. Da ich Angst habe, sie könnte schwer verletzt sein, krieche ich unter den LKW und kann sie tatsächlich befreien. Später besuche ich sie im Krankenhaus. Sie sagt, sie sei von Beruf *Wunscherfüllerin*. Normalerweise verlange sie für jeden Wunsch 5.000 €, aber da ich ihr das Leben gerettet hätte, hätte ich drei Wünsche frei. Sie werde meine Gedanken lesen und meine drei tiefsten Wünsche erfüllen. Sie schaut mich an. Ich muss gerade an meine Uhr denken: Ich bin froh, dass sie nicht kaputt gegangen ist beim Kriechen unter den Lastwagen. Die Frau schaut mich weiter an und sagt etwas verdrossen, das ist aber ein großer Wunsch, den Sie dahaben. Der zählt für drei. Im Übrigen bin ich noch sehr erschöpft von dem Unfall. Bitte gehen Sie jetzt.

Ich will sie noch fragen, welchen großen Wunsch sie mir erfüllt hat, aber der Krankenpfleger blickt mich erbost an, als ob ich wer weiß was von der verletzten Frau verlangt hätte, und ich muss das Zimmer verlassen. Als ich vor dem Krankenhaus stehe und auf den Bus warte, fühle ich mich wie vor den Kopf gestoßen. Ich habe nach meinem Empfinden eine gute Tat begangen und bekomme dafür als Dank eine gefühlte Ohrfeige. Ich bin ratlos, was das zu bedeuten hat. Als ich wieder zuhause bin, bin ich so verärgert, dass ich mein gesamtes Geschirr gegen die Wand pfeffern könnte. Ich kann mich gerade noch beherrschen und strampele stattdessen zwei Stunden auf dem Heimtrainer. Danach geht es mir besser. Ich bin total verschwitzt und dusche ausgiebig. Von der Anstrengung bin ich so müde, dass ich mich ins Bett lege, obwohl es erst später Nachmittag ist. Ich schlafe bis in den späten Vormittag hinein. Als ich aufwache, fühle ich mich so frisch wie seit Jahren nicht mehr. In dem Moment fällt mir siedend heiß ein, heute ist erst Mittwoch und ich müsste längst im Büro sein. Ich brauche meinen Job des Geldes wegen. Die Arbeit ödet mich seit Jahren an, es ist eine stupide Verwaltungstätigkeit und meine Chefin ist ein Drache, der mir das Leben schwer macht. Ich habe nicht mehr so viele Jahre bis zur Rente. Da ich jedoch erst relativ spät ange-fangen habe, in die Rentenkasse einzuzahlen, werde ich wohl bis 67 arbeiten müssen, um eine nicht ganz miserable Rente zu bekommen. Ein Jobwechsel kommt in meinem Alter nicht mehr in Frage. Ich bin einfach zu eingefahren, um mich noch der Herausforderung einer anderen Arbeit stellen zu können. Trotzdem bin ich sehr unzu-frieden mit meinem Job und würde ihn lieber heute als morgen an den Nagel hängen. Wenn ich wenigstens in Teilzeit gehen könnte, wäre schon viel gewonnen, aber je weniger ich arbeite, desto geringer fällt auch meine Rente aus und ich habe weder Erbschaften noch eine Eigentumswohnung in Aussicht. Andererseits hat mich meine Chefin schon auf dem Kieker und ich darf mir keine Freiheiten herausnehmen, wenn ich nicht riskieren will, dass sie mir das Leben noch mehr zur Hölle macht. Deshalb schleppe ich mich zur Arbeit, auch wenn ich 38,5° Fieber habe. Und ich sage zu allem Ja und Amen, auch wenn ich überhaupt nicht einverstanden bin. Heute hingegen geht es mir blendend. Ich habe nur verschlafen und trotzdem greife ich zum Telefon, rufe auf meiner Arbeit an, mime eine erkältete Stimme und sage, ich bin den Rest der Woche krank. Das habe ich noch nie gemacht; ich habe noch nie einen Tag blau gemacht, aber jetzt habe ich keinerlei Gewissensbisse deswegen. Ich mache mir noch einen Kaffee und stelle mich vor meine Leinwand. Malen ist meine eigentliche Leidenschaft. Ich bin der Meinung, meine Bilder sind gar nicht so schlecht, aber ich traue mich nicht, sie in einer Galerie auszustellen, weil ich kein Selbstvertrauen habe und weil ich vor den Klauen des Kunstmarkts eine tierische Angst habe. Ich male seit zwei Stunden, als mir einfällt, ich brauche ja eine Krankschreibung. Ich war noch nie krankgeschrieben, aber bei ihren Mitarbeitern besteht die Chefin darauf, dass man bereits am ersten Krankheitstag eine

Krankschreibung vorlegt. Vom Gesetzgeber her muss man sie erst am dritten Tag vorlegen und ich beschließe, es darauf ankommen zu lassen, denn das Bild, das ich gerade male, steht kurz vor der Vollendung und ich bin so gut in Schwung, dass ich weitermachen muss. Ich kann die Krankschreibung auch morgen oder übermorgen abholen und jetzt müsste ich mich sehr beeilen, denn mittwochs hat mein Hausarzt nur bis 14 Uhr Sprechstunde. Etwas anderes fällt mir ein, ich habe seit dem Unfall meine Uhr nicht mehr aufgezogen. Es ist noch nie passiert, dass die Uhr stehengeblieben ist, aber erst muss das Bild fertig werden. Als ich um acht Uhr abends den letzten Pinselstrich getan habe, bin ich so müde, dass ich mich gleich wieder ins Bett lege und bis zum nächsten Morgen schlafe. Als ich aufwache, fühle ich mich noch besser als am Vortag. Ich schaue gewohnheitsmäßig auf die Uhr. Sie ist stehengeblieben. Auch das ist mir herzlich egal. Ich stehe auf und schaue in der Küche nach der Funkuhr. Meine Uhr ist erst seit einer Viertelstunde stehengeblieben. Sie hat dennoch länger durchgehalten, als ich es bisher eingeschätzt hatte. Ich ziehe die Uhr wieder auf und stelle sie auf die richtige Zeit ein. Ich mache mir eine Kanne Kaffee und stelle mich vor die Leinwand. Ich bin sehr zufrieden mit dem Bild. Es ist mir wirklich gelungen. Ich möchte es einem Galeristen anbieten. Aus lauter Verwegenheit rufe ich bei Möller & Stark an, dem bekanntesten und teuersten Galeristen der Stadt. Herr Stark persönlich geht ans Telefon. Er ist bekannt für seine vernichtenden Urteile, die schon so manche Künstlerkarriere beendet haben. Er hat eine weiche und nahezu zarte Stimme und sagt, er ist in einer Viertelstunde bei mir. Ich bin noch in Pyjama und unrasiert, aber ich sage mir, das wirkt authentisch. Herr Stark kommt gleich in Begleitung von seinem Kompagnon, Herrn Möller. Sie müssen gerast sein, um es in einer Viertelstunde vom anderen Ende der Stadt bis zu mir geschafft zu haben. Sie blicken mich mit einer Hochachtung an, als ob ich der Staatspräsident persönlich sei. Sie schauen sich das Bild an und stoßen einen tiefen Seufzer aus. Im Chor sagen sie, das ist einmalig. Ich gehe aufs Ganze und sage, würden Sie es für zehntau...Zehn Millionen sind viel zu wenig, sagt Herr Möller. Herr Stark nickt und sagt, alles unter 80 Millionen ist ein Schnäppchen. Ich fühle mich veräppelt und will sagen, die italienischen Lire wurden vor über 20 Jahren abgeschafft, aber etwas im Blick der beiden Herren lässt mich innehalten und ich muss mich auf einen Stuhl setzen. Als ich eine Stunde später in mein online-Konto schaue, finde ich dort eine Anzahlung von 20 Millionen Euro für das Bild. Ich mache die Augen zu und mache sie erst eine halbe Stunde später wieder auf. Das System hat mich automatisch ausgeloggt aus dem Konto. Ich bin erleichtert, dass die 20 Millionen Euro nur eine Fata Morgana gewesen sind. Um ganz sicher zu gehen, dass dieses Geld nur eine Vorspiegelung meiner Sinne war, logge ich mich nochmal ein: Die Zahl 20 Millionen steht immer noch da.

Am nächsten Tag gehe ich zu der verletzten Frau ins Krankenhaus, um zu erfahren, was sie hier veranstaltet hat, aber sie ist bereits entlassen worden. Als ich das Krankenhaus verlasse, komme ich an einem Zeitungskiosk vorbei. Mein Auge fällt auf die Schlagzeile einer Boulevardzeitung: Wer hat uns die Viertelstunde geklaut? Ich empfinde das zunächst als einen Jux und gehe weiter, aber dann halte ich wie festgefroren inne, renne einem heißen Eiszapfen gleich zu dem Zeitungskiosk zurück und lese mit Entsetzen, auch alle anderen Zeitungen machen mit diesem Thema auf. Ich kaufe mir die Boulevardzeitung und drei seriöse Zeitungen, setze mich auf eine Bank und lese, aus unerklärlichen Gründen ist die Sonne gestern eine Viertelstunde zu früh untergegangen. Die ganze Welt rätselt, wie das sein kann. Die fünf

Vetomächte des UN-Sicherheitsrates haben eine Dringlichkeitssitzung einberufen und die NATO-Mitglieder ihre Truppen in Alarmbereitschaft versetzt. Der Bundeskanzler spricht von der Möglichkeit einer außerirdischen Invasion. Während ich diese Nachrichten lese, wird mir speiübel und ich möchte mich in ein tiefes, tiefes Loch verkriechen. Bloß weil ich einmal gedacht habe, wenn meine Uhr stehenbleibt, bleibt auch die ganze Welt stehen und bloß weil diese *Wunscherfüllerin* in meinen Gedanken gelesen und mir diesen vermeintlichen Wunsch erfüllt hat, steht die Welt jetzt tatsächlich still. Während ich die Zeitung lese, fangen meine Hände immer mehr zu zittern an und ich zerreiße die Zeitung vor lauter Aufregung. Ich versuche nachzudenken, aber es gelingt mir nicht. Schließlich stehe ich auf und kann gerade ein paar Schritte laufen, bevor ich mich an einer Wand festhalten muss. Eine alte Freundin von mir, die Yoga unterrichtet, hat mir gesagt, man solle in einem solchen Falle einige Male tief durchatmen. Ich versuche es, bekomme aber erstmal einen Hustenanfall, der mich fast auf den Boden wirft. Ich probiere es erneut. Allmählich klappt es besser und ich kann wieder einigermaßen klar denken. Ich muss unbedingt die *Wunscherfüllerin* finden und den Wunsch wieder rückgängig machen. Auch wenn ich dafür wie für einen dreifachen Wunsch bezahlen muss, also 15.000 €, juckt mich das nicht mehr. Ich schwimme ja jetzt in Geld. Aber wieso haben die Menschen plötzlich eine solche Achtung vor mir, wieso habe ich plötzlich ein solches Selbstbewusstsein, wieso habe ich plötzlich ein solches Glück? Spüren sie, spüre ich, ich habe durch die Uhr eine große Macht bekommen? Ich weiß nicht, was ich denken soll. Die Sache ist mir sehr unheimlich und am liebsten möchte ich sofort mein altes Leben zurück. Bei der Verantwortung, die ich trage, wird mir ganz schwindelig. Und was ist, wenn meine alte Uhr plötzlich nicht mehr geht, bleibt dann die Welt für immer still? Ich schaue auf die Uhr. Sie geht.

Ich muss die *Wunscherfüllerin* ausfindig machen. Ich googele das Wort in meinem Smartphone und finde ihre Büroadresse und ihre Büronummer. Ich rufe sie an. Es gibt nur eine Ansage, sie hat zu der und der Zeit Sprechstunde. Eine Nachricht kann ich nicht hinterlassen. Ihr Büro ist nicht weit von dem Krankenhaus entfernt. Ich muss nur drei Stationen mit dem Bus fahren. Vor ihrem Ladenbüro hängt ein Zettel, das Büro sei wegen Krankheit geschlossen. Wie lang steht nicht da. Ich frage andere Ladenbesitzer in der Umgebung, aber sie kennen die *Wunscherfüllerin* kaum, halten sie auf jeden Fall für wenig seriös. Niemand hat eine Handynummer von ihr und selbst wenn, dürften sie sie mir nicht geben. Und wenn ich die Polizei kontaktiere? Die lacht mich aus oder steckt mich in die Klapsmühle. Was kann ich sonst tun? Ein alter Mann geht an mir vorbei, bleibt stehen, beäugt mich und sagt, suchen Sie Frau Steinhofer? Ich sage, ja. Sie hat mir sehr geholfen, sagt er, durch sie habe ich meinen verlorenen Sohn wiedergefunden. Ich brauche ihre Handynummer, sage ich, aber in dem Moment fällt mir ein, ihr Handy war unter das Hinterrad des Lastwagens geraten. Ich frage den alten Mann, ob er weiß, wo sie wohnt. Er nennt mir eine Straße in der Nähe, aber die Hausnummer hat er vergessen. Es ist zum Glück keine lange Straße, aber auch keine kurze. Als ich bei dem vorletzten Haus angekommen bin, entdecke ich ihren Namen auf dem Klingelschild. Ich klingele. Niemand öffnet mir. Ich klingele weitere Male. Keine Reaktion. Ich klingele bei den Nachbarn. Entweder kennen sie Frau Steinhofer nicht oder sie haben sie eine ganze Weile nicht gesehen. Sie soll viel ins Ausland reisen. Man scheint sie hier für eine etwas merkwürdige Frau zu halten. Vielleicht hält man auch mich für merkwürdig, der ich nach ihr frage.

Ich bin wieder in einer Sackgasse, aber ich muss etwas tun. Ein kleines Mädchen kommt aus dem Haus. Wenig später erscheint auch ihr Vater. Er sieht nicht sehr vertrauenerweckend aus, aber er ist meine letzte Chance. Ja, er kennt Frau Steinhofer, sagt er. Sie wohnen auf demselben Stockwerk. Sie hatte einen Unfall und ist jetzt auf Kur, irgendwo in Italien, aber er weiß nicht, wo. Ich biete ihm 10.000 €, wenn er sich erinnert. Er zeigt auf seine Tochter und sagt, denken Sie an ihre Zukunft. Wir einigen uns auf 50.000 €. Er will das Geld gleich haben. Wir gehen zur Bank. Als ich meinen Namen nenne, öffnet man mir die Tür zum Büro des Direktors. Zur Sicherheit nehme ich gleich weitere 100.000 € für mich selbst mit. *You never know.* Der Mann gibt mir die Adresse des Kurhotels in der Nähe von Meran, wo sich Frau Steinhofer befindet. Ich gehe in ein Reisebüro und buche einen Direktflug nach Bozen für den nächsten Morgen. Zuvor will ich noch zum *Uhrmacher* gehen und die Uhr überprüfen lassen. Wenn sie unterwegs kaputt geht, habe ich ein großes Problem. Der *Uhrmacher* ist nicht weit und für den Notfall hat er mir seine Privatadresse mitgeteilt. Ich gehe erst zu seinem Geschäft, ob er zufällig gerade da ist. An der Tür hängt ein Schild, er sei für einige Zeit verreist. Das verheißt nichts

Gutes, denn er ist seit seinem 20. Lebensjahr, seitdem er zum Militär musste, nicht mehr verreist. Ich gehe zu seiner Wohnung und erfahre von seiner Frau, er ist am Morgen gestorben. Ich bin verzweifelt und weiß mir keinen Rat mehr. Ich bedanke mich bei der Frau und gehe hängenden Kopfes zurück zu meiner Wohnung. Wenn ich morgen fliege und meine Uhr bleibt stehen, was passiert dann mit dem Flugzeug? Ich will mir diesen Gedanken lieber nicht ausmalen. Ich bin erst wenige hundert Meter gegangen, als mir einfällt, die Frau des *Uhrmachers* war auch immer zugegen in der Werkstatt. Vielleicht versteht sie etwas von dem Handwerk. Ich renne so schnell wie Jesse Owens bei den Olympischen Spielen 1936 zurück, klingele erneut an der Tür der Frau des *Uhrmachers* und frage sie, ob sie mir helfen kann. Sie habe diese Frage befürchtet, sagt sie, und verneint erst, mit so alten Modellen kennt sie sich nicht aus, aber sie scheint mir nicht die Wahrheit zu sagen. Ich insistiere, obwohl sie sehr traurig aussieht. Ich hasse mich dafür, ihr so zuzusetzen. Schließlich platzt es aus ihr heraus, sie wolle mit den verdammten Uhren nichts mehr zu tun haben, aber dann willigt sie doch ein, die Uhr zu überprüfen. Es stellt sich heraus, sie ist die eigentliche Expertin in der Werkstatt. Sie macht es sehr geschickt und während sie arbeitet, sehe ich, mit wie viel Liebe sie diese Tätigkeit ausführt. Sie klagt, ihr Mann habe noch an den alten Werkzeugen von vorgestern festgehalten, die schon ganz abgenutzt gewesen seien. Er habe immer weniger Kunden gehabt und sie hätten sich in den letzten Jahren öfters gestritten. Ich gebe ihr als Dank 50.000 €, damit sie sich eine neue Werkstatt einrichten kann. Sie scheint mir sehr dankbar zu sein. Da ich Linkshänder sei, rät sie mir, die Uhr am rechten Handgelenk zu tragen. Das sehe besser aus und schone das Uhrarmband vor vorzeitiger Abnutzung. Und ich solle nicht vergessen, die Uhr jeden Morgen aufzuziehen.

Am nächsten Morgen bin ich jedoch so aufgeregt, dass ich vergesse, die Uhr aufzuziehen. Als ich am Flughafen bin, bleibt meine Uhr stehen. Ich bin der Einzige, der sich noch bewegt, alles andere ist erstarrt und wie tot. Die Flugzeuge stehen mitten in der Luft. Es ist ein uriges Spektakel. Ich kitzele einem Polizisten an der Nase und treibe auch sonst ein paar Scherze. Als eine Viertelstunde vergangen ist, ziehe ich die Uhr wieder auf, die Flugzeuge fliegen weiter, die Handys klingeln wieder usw., aber als die Durchsage gegeben wird, es sei wieder eine Viertelstunde verloren gegangen und der Flughafen werde aus Sicherheitsgründen für den ganzen Tag gesperrt, bricht Panik aus und ich ärgere und schäme mich. Draußen erwische ich ein Taxi und für 20.000 € fährt der Taxifahrer mich nach Meran. Den hohen Preis erklärt er mit der hohen Nachfrage. Ansonsten schimpft er während der ganzen Fahrt wie ein Rohrspatz auf die Außerirdischen, die mit billigen Tricks versuchten, die Menschheit in Aufruhr zu versetzen. Er sei schon zu alt fürs Militär, aber seine Tochter habe als Reaktion auf die *Invasion* bereits einen Zeitvertrag bei der Bundeswehr unterschrieben.

In Meran treffe ich Frau Steinhofer, der es schon wesentlich besser geht und die diesmal sehr freundlich zu mir ist und meinen Wunsch erfüllt. Ich will wieder 100.000 € abheben, aber mein Konto ist wegen Überziehung gesperrt, so der unfreundliche Bankangestellte in der Meraner Innenstadt. Frau Steinhofer schenkt mir 300 €, damit ich meine Hotelrechnung bezahlen und mir ein billiges Busticket zurück nach Deutschland kaufen kann. Zuhause stelle ich fest, die 20 Millionen von meinem Konto sind wieder verschwunden und ich habe hohe Schulden. Auf der Arbeit bekomme ich eine Abmahnung, weil ich keine Krankschreibung eingereicht habe. Die Kollegen schwanken zwischen Bewunderung und Verachtung, dass ich es gewagt habe, blau zu machen.

Meine Bilder verschenke ich und male neue Bilder, die viel besser sind als die alten und sich viel besser verkaufen. Bald bin ich meine Schulden los und kann auch endlich in Teilzeit gehen. Es ist Sommer. Ich habe mir zu der Uhr einen modischen, leichten Sakko gekauft. Auch Frau Steinhofer, mit der ich mich gelegentlich zum Kaffee treffe, findet das eine gute Kombination.

Der Violinist

Frank Hüllendorff war acht Jahre alt, als sein Vater ihn dazu zwingen wollte, Geige zu lernen. Frank verspürte keinerlei Lust dazu, auf diesem Instrument zu spielen. Sein Vater unterrichtete an einer städtischen Musikschule und hatte ehrgeizige Pläne für seinen Sohn. So sehr dieser sich dagegen wehrte, musste er doch Geigenunterricht nehmen, der ihm ein Gräuel blieb und im Laufe der Jahre kaum Fortschritte erbrachte. Frank wagte es allerdings nicht, sich den Anordnungen seines Vaters offen zu widersetzen, denn dieser konnte sehr streng und autoritär sein. Schließlich sagte Frank – er war inzwischen dreizehn Jahre alt und verspürte immer deutlicher in sich den Konflikt zwischen Gehorsam und Rebellion – zu seinem Vater, er wolle von nun an alleine spielen, der Geigenunterricht sei ihm keine Hilfe mehr. Nach einigem Zögern willigte der Vater ein. Während die Eltern also im Wohnzimmer saßen, hörten sie den Sohn stundenlang in seinem Zimmer üben. Er schien auf einmal auch beträchtliche Fortschritte zu machen. Der Vater war zufrieden. In Wahrheit aber spielte Frank Übungskassetten von einem Kassettenrekorder ab. Während er *übte*, lag er auf seinem Bett und las Comics. Da Frank jedoch wusste, sein Vater konnte jederzeit in sein

Zimmer kommen, wenn er gerade *übte*, gewöhnte er sich bald an, die Violine tatsächlich in die Hand zu nehmen und mit dem Bogen so hauchdünn über den Saiten zu fahren, dass es so aussah, als ob er die Musik vom Band tatsächlich spiele. Die richtigen Notengriffe hatte er sich in den Jahren seines qualvollen Unterrichts ja immerhin angeeignet. Obwohl Frank dieses Scheinspiel zunächst nur aus Angst vor seinem Vater praktiziert hatte, fand er mehr und mehr eine diebische Freude daran, seinen Vater immer wieder aufs Neue zu täuschen: Jedes Mal, wenn dieser unerwartet seine Zimmertür einen Spalt öffnete, um das vermeintlich immer besser werdende Violinspiel seines Sprösslings aus der Nähe zu beobachten, sah er seinen Sohn, der mit hochkonzentrierter Miene auf der Violine *spielte* und sich dabei nicht stören lassen wollte, so dass der Vater, verlegen geworden, die Zimmertür rasch wieder schloss und ins Wohnzimmer zurückkehrte. Im Laufe mehrerer Monate perfektionierte Frank dieses Scheinspiel immer mehr. Je mehr er seinen Vater hasste, desto leidenschaftlicher *sah* sein Violinspiel aus. Dennoch setzte ihm dieses Versteckspielen zu und ein Schulkamerad besorgte ihm Beruhigungstabletten, so dass Frank scheinbar ruhig und ausgeglichen wirkte, während seine Seele vor Wut kochte und vor Verzweiflung zu zerbersten drohte.

Der Vater fand es an der Zeit, sein Sohn solle sein erstes Konzert geben. Er sprach mit dem Leiter der Musikschule, an der er Lehrer war, und arrangierte für seinen Sohn einen öffentlichen Auftritt in dem kleinen Konzertsaal der Schule. Als er Frank davon erzählte, geriet dieser in helle Panik. Er hatte dieses Vexierspiel mit der Violine immer nur getrieben, um seinen Vater wenigstens innerlich verspotten zu können, aber nun kehrte sich dieser Spott gegen ihn selbst. Frank überlegte lange und mit immer größer werdender Unruhe, wie er diesen Auftritt vermeiden könne. Schließlich ließ er sich von seinem Schulkameraden, der ihm auch die Beruhigungstabletten besorgte, einen falschen Gipsarm anlegen. Alle bedauerten ihn und brachten ihm viele Blumen nach Hause. Nachdem der Gips abgenommen, der Arm wieder funktionstüchtig war und der Vater den Sohn gezwungen hatte, sein *Üben* wieder aufzunehmen, wozu Frank nunmehr eine starke Abneigung empfand, fixierte der Vater einen neuen Konzerttermin. Zwei Tage vor dem Konzert aß der Sohn Seife und bekam davon hohes Fieber. Alle bangten um ihn. Beim dritten *Konzert* jedoch ließ sich der Auftritt nicht mehr umgehen. Mit dem verzweifelten Mut eines Menschen, der sich früh im Leben schon gescheitert glaubte, zeigte Frank an diesem Abend sein ganzes Scheinkönnen, das er sich in den letzten Monaten teils gegen seinen Willen antrainiert hatte, während bei dem *Konzert* in Wahrheit ein Band lief, auf dem ein recht bekannter internationaler Violinist die Stücke spielte, die der Vater für Frank für diesen Abend ausgesucht hatte. Der technikaffine Schulkamerad, der Frank schon mit dem vorgetäuschten Gipsarm versorgt hatte, setzte die Tontechnik so geschickt ein, dass man tatsächlich meinte, Franks Violinspiel *erklinge* unmittelbar aus dessen Instrument. Das Publikum, aber auch der Leiter der Musikschule waren begeistert von diesem *Jahrhunderttalent*, wie Frank jetzt überall genannt wurde, weil er so überragend *zu spielen* vermochte. Der Vater konnte sein Glück kaum fassen, einen so begabten Sohn zu haben.

Bei diesem ersten Konzert hatte sich Frank ausbedungen, er müsse wegen eines ebenfalls vorgetäuschten Augenleidens, das bei ihm seit seinem hohen Fieber entstanden sei, ständig eine Sonnenbrille tragen und könne nur auf einer halbdunklen Bühne spielen. Sein Schulkamerad hatte ihm zu diesem Trick geraten, damit das Publikum

167

nicht so genau sehen könne, dass er die Violinsaiten beim Spielen gar nicht berührte.

Frank hatte etwas naiverweise gehofft, der Vater werde nach diesem Auftritt in der Musikschule Ruhe geben, aber dieser war im Gegenteil nunmehr davon überzeugt, sein Sohn sei ein Geigengenie, und kontaktierte gleich nach diesem ersten Konzert eine Agentin: Ihr Name war Laura Ignazio. Der Vater spielte ihr den Konzertmitschnitt seines Sohnes vor. Sie wollte zunächst nicht glauben, dass ein Minderjähriger bereits eine solche Spielreife besitze, aber der Vater lullte sie mit seinen Worten ein, so dass sie sich schließlich bereit erklärte, für Frank eine kleine Konzertreihe zu organisieren. Der Vater war zunächst enttäuscht, dass sie als Etappen dieser Konzertreihe nicht Sidney, Tokyo und New York, sondern Recklinghausen, Bottrop, Bad Godesberg und Luckenwalde vorgeschlagen hatte, aber seine Frau, die sich in diese ganze Geschichte zum ersten Mal einmischte, denn das Wort Konzertreise hatte bei ihr Ängste um ihren zerbrechlichen Sohn geschürt, sagte ihrem Mann mit deutlichen Worten, er dürfe für Frank nicht gleich so maßlose Erwartungen hegen, das würde ihrem Sohn nur den Kopf verdrehen und ihm schaden. Ungern fügte sich der Vater diesen Ratschlägen, denn er meinte, er könne am besten beurteilen, was gut für seinen Sohn sei und was nicht. Für ihn war ein Mensch nur eine Art Maschine, die auf Knopfdruck seine Befehle ausführte. Franks Vater fügte sich jedoch auch deshalb den Worten seiner Frau, weil Frau Ignazio, die eine etwas bärbeißige Art hatte, was dem Vater einigen Respekt einflößte, ihm mit klaren Worten verständlich gemacht hatte, ein Nobody wie sein Sohn müsse sich erstmal seine Sporen verdienen, bevor er vielleicht in einigen Jahren auch auf größeren Bühnen auftreten könne.

Die erste Konzertreise wurde ein voller Erfolg und übertraf bei weitem die eher bescheidenen Erwartungen von Frau Ignazio. Es gab eine ganze Reihe hymnischer Besprechungen in lokalen und regionalen Zeitungen; Franks social media-Account, den Frau Ignazio ohne sein Wissen eingerichtet hatte und täglich mit allerlei Neuigkeiten zu ihrem frischerworbenen Schützling fütterte, verzeichnete rasch einen immer größeren Zulauf. Frau Ignazio, ermutigt durch diesen nicht geringen Erfolg, beschloss, ihr neuer Stern solle einige Karrierestufen überspringen und gleich Konzerte in Konzertsälen geben, die fast schon zur Weltspitze zählten. Diese Auftritte wurden ebenso ein voller Erfolg und auch die Musikkritiker der nationalen und internationalen Presse wurden allmählich aufmerksam auf dieses noch sehr junge, aber ungemein vielversprechende Talent. Eigentlich befand sich Frank seit diesem Zeitpunkt ständig auf Konzertreise.

Frau Ignazio hatte sich nach einiger Zeit noch immer keine sichere Meinung über ihn gebildet: Für sein Alter schien er auf erstaunliche Weise in sich zu ruhen. Der ganze Tourneestress machte ihm scheinbar nichts aus, d. h. zumindest auf der Bühne wirkte er immer hochprofessionell. Seine einzigen Macken waren: Er bestand bei jedem Konzert darauf, im Halbdunkeln zu spielen, in jedem Moment eine Sonnenbrille zu tragen und bei all seinen Reisen seinen Schulkameraden bei sich zu haben, ohne dass man verstand, welche Funktion dieser Schulkamerad eigentlich erfüllte, denn beide hüllten sich darüber in tiefes Schweigen. Frau Ignazio hatte Frank auch schon mehrfach gebeten, bei seinen Übungsstunden dabei sein zu dürfen, was dieser jedoch immer abgelehnt hatte, als ob er panische Angst davor habe, wenn man seinem Spiel ganz aus der Nähe zuhören wollte. Obwohl auch bereits Anfragen zahlreicher Orchester vorlagen, hatte es Frank bis jetzt ebenso rigoros zurückgewiesen, in einer anderen Form als ganz allein auf die Bühne zu treten. Er schien eine nahezu abergläubische Furcht vor anderen Musikern zu haben. Trotzdem zeugten seine Auftritte von einer seltenen Souveränität und Selbstsicherheit, als ob er eigentlich ein Schauspieler sei, der seine Rolle vollkommen verinnerlicht habe. Frau Ignazio hatte jedoch rasch begriffen, diese scheinbare innere Ruhe von Frank war nur vorgetäuscht, auch wenn sie nicht zu verstehen vermochte, wer oder was sich hinter dieser Fassade verbarg, denn über sein inneres Leben schwieg sich der junge Mann beharrlich aus. Anfangs hatte Frau Ignazio auch ihm gegenüber jene Bärbeißigkeit gezeigt, die ihr Markenzeichen war und mit der sie ihre Musiker auf Kurs hielt, wenn diesen eine Tournee zu anstrengend wurde, wenn sie Liebeskummer hatten und nicht mehr üben wollten oder wenn der große Stress sie in irgendeine Sucht wie Alkohol-, Tabletten- oder Drogenkonsum verfallen zu lassen drohte, aber sie hatte rasch gemerkt, man musste bei Frank eine weichere Gangart einschlagen. So zeigte sie ihm gegenüber zunehmend ihre nette und freundliche Seite. Gegenüber ihrer Umwelt hielt sie das streng geheim, um ihren Ruf als toughe Frau nicht aufs Spiel zu setzen. Auch Frank hatte inzwischen offenbar Vertrauen zu ihr gefasst und sie hatte daraufhin gesagt, er könne sie Laura nennen.

171

Seit einigen Tagen – sie saßen gerade in der Lounge eines New Yorker Hotels und Frank sollte in zwei Tagen zum ersten Mal in der Carnegie Hall auftreten – schien seine schon fast sprichwörtliche Ruhe dahin zu sein. Er zappelte mit seinen Füßen und fuhr sich immer wieder mit der Hand über seinen Haarschopf, während sein Blick sich nach kurzer Zeit nach unten richtete. War er nur wegen des bevorstehenden Konzerts so nervös? Hegte er Selbstmordgedanken? Wollte er ihr gegenüber eine mögliche Homosexualität outen? Oder war es etwas anderes? Sie hätte es nicht zu sagen gewusst. Sie tappte im Dunkeln und beschloss, ihn nicht zu drängen.

Als zwei Tage darauf das Konzert zum Glück sehr erfolgreich verlaufen war, das Publikum drei Zugaben verlangt hatte und sie in einer der ersten Reihen den sehr einflussreichen, aber auch gefürchteten Musikkritiker der New York Times, Timothy Schnyder, entdeckt hatte, der am Ende des Abends aber genauso enthusiastisch in die Hände geklatscht hatte wie alle anderen, als Frank also eigentlich besonders entspannt und zufrieden hätte sein können, merkte Frau Ignazio, dass er sich – sie saßen noch in der Umkleidekabine und wollten mit seinen Eltern, die für diesen großen Abend extra nach New York gekommen waren, noch im Waldorf Astoria essen gehen – dass Frank sich an den Fingernägeln kaute, was er sonst nie tat, und kurz vor einem Zusammenbruch zu stehen schien. Sie bat seine Eltern, einen Moment draußen zu warten. Sie müsse noch etwas Geschäftliches mit ihrem Sohn besprechen.

Als sie allein waren, dauerte es nicht lang, bis sich Franks Anspannung der letzten Jahre, die sich für ihn in den letzten Tagen wie ein übervolles Regenfass in seinem Inneren angefühlt hatte, dessen Gewicht er einfach nicht mehr ertragen konnte, bis sich diese Anspannung in einem großen Weinkrampf entlud. Unter heftigen Tränen beichtete er Laura die Wahrheit über sein Scheinspiel. Sie wollte das zunächst nicht glauben, bis er ihr einige erbärmlich klingende Noten auf der Violine vorspielte und ihr die Rolle seines ehemaligen Schulkameraden erläuterte, der durch den Einsatz von digitaler Tontechnik für die *Echtheit* von Franks Violinspiel sorge. Laura war erschüttert. Sie hatte schon einiges erlebt, aber so etwas war ihr noch nicht vorgekommen. Sie hatte auch noch nie von einem ähnlichen Fall in ihrer Branche gehört. Sie war furchtbar enttäuscht und hätte Frank am liebsten eine Ohrfeige erteilt für seinen unglaublichen Verrat. Für sie war klassische Musik etwas Heiliges, das man nicht auf solche infame Weise entweihen durfte. Einen Moment lang überlegte sie, ob sie selbst alles hinschmeißen und ihre bescheidene Tätigkeit als Büroangestellte bei einem Musikverlag, die ganz am Anfang ihrer beruflichen Karriere gestanden hatte, wieder aufnehmen solle. Ihr war klar, wenn dieser Betrug von Frank aufflog, war auch sie für immer und ewig erledigt. Doch nach kurzer Zeit regte sich ein Widerwillen in ihr, alles aufzugeben. Nein, sie war eine Kämpferin und würde diese *patata bollente*, diese heiße Kartoffel, wie man in ihrer Heimat sagte, nicht fallen lassen. (Heiße Kartoffel klang in ihren Ohren viel poetischer und anschaulicher als der entsprechende deutsche Ausdruck: heißes Eisen.) Laura überlegte weiter: Der Junge hatte seine heiße Kartoffel bisher perfekt gehandhabt, wieso sollte das nicht weiter möglich sein?

Während sie all diese Gedanken dachte, hielt sie Frank in den Armen und versuchte, ihn zu trösten. Sie verstand, und ihre innere Aufmerksamkeit richtete sich jetzt wieder auf den Jungen, zum ersten Mal nicht nur intuitiv, dass er ein zerbrechlicher junger Mann war, sondern sie fühlte es mit allen Fibern ihres Körpers. Als er ihr, weiterhin weinend, auch noch erklärte, er nehme seit Jahren starke Beruhigungstabletten, hatte sie etwas Ähnliches fast schon erwartet. Seine vermeintliche innere Ruhe war also nur das Ergebnis von Medikamenten, die ihm auf die Dauer immens schaden würden. Sie verbot ihm augenblicklich, in seinem Leben je wieder eine Beruhigungstablette zu schlucken. Während Laura ihm die Tränen von den Wangen wischte, erzählte er ihr, wie ihn der Gehorsam gegenüber seinem Vater und die Verzweiflung und die Wut über ihn zu diesem auch in seinen Augen niederträchtigen Betrug getrieben hätten. Dann setzte ein neuer Tränenfluss ein. Irgendwann jedoch schien das Tränenfass in ihm bis auf den letzten Grund ausgespült zu sein, denn er hörte auf zu weinen und blickte Laura mit einem naiven und unschuldigen Blick eines kleinen Jungen an, der keiner Fliege etwas zuleide tun konnte.

Frank war vor kurzem 19 Jahre alt geworden, aber dieser ganze perfekt inszenierte Betrug bezeugte eine Durchtriebenheit, wie sie sonst nur schon deutlich ältere Politiker oder Wirtschaftsbosse besaßen. Andererseits musste Laura zugeben, als ihr Blick weiterhin auf Franks Gesicht verweilte, er sah trotz seiner vom Weinen geröteten Augen, aber vielleicht auch gerade wegen seiner ebenfalls rot gewordenen Wangen süß und attraktiv aus. Vielleicht nur aus einer verrückten Laune heraus küsste sie ihn auf den Mund. Er erwiderte ihren Kuss mit spürbarer Erregung, was wiederum ihre Leidenschaft entfachte.

Der des langen Wartens im Flur überdrüssig gewordene Vater klopfte in dem Moment an die Tür der Umkleidekabine und rief, er habe Hunger. Laura und Frank mussten laut lachen, gaben sich einen letzten Kuss und sie öffnete die Tür, nachdem sie Frank auf die Toilette geschickt hatte, damit er sich das Gesicht von seinen Tränen freiwasche.

Auch Franks Mutter trat wieder in die Garderobe ein und schaute besorgt, wo ihr Sohn geblieben sei. Einen Moment später kam er freudestrahlend aus der Toilette, aber seine Mutter konnte sehen, dass er intensiv geweint hatte. Nur die Tatsache, dass Frau Ignazio und Frank sich so entspannt zeigten, vermochte ihre Sorgen um ihren Sohn etwas zu mildern. Dennoch fragte sie sich, was hier geschehen war während dieser nur vermeintlich geschäftlichen Besprechung. Ihr Mann schien sich darüber nicht die allergeringsten Gedanken zu machen. Wenn er Hunger hatte, blendete er alles andere aus.

In den ersten Wochen nach der Absetzung der Beruhigungstabletten – er hatte in dieser Zeit zum Glück kaum Konzerttermine wahrzunehmen – war Frank sehr nervös und konnte auch sein Scheinspiel nur schlecht üben, doch die immer enger werdende Beziehung mit Laura ließ ihn allmählich wieder zur Ruhe kommen. Laura kaschierte in den darauffolgenden Jahren Franks Versteckspiel wie ein Eichhörnchen, das vor dem hereinbrechenden Winter überall Eicheln in der Erde vergräbt, die so gut versteckt sind, dass nicht einmal das Eichhörnchen sie wiederfindet. Laura ging mit Frank durch dick und dünn. Da sie gegenüber aller Welt so bärbeißig war, traute sich lange Zeit niemand an ihn heran. Er wurde sogar überall bedauert, eine so schreckliche Agentin zu haben. Dass sie aber liiert waren und sich privat so gut verstanden, blieb lange Zeit ihr persönliches Geheimnis. In der Öffentlichkeit siezten sie sich weiterhin. Als sie nach zehn Jahren heirateten, reagierte die ganze Welt mit Unverständnis. Die meisten Menschen glaubten, die beiden hätten nur zum Schein geheiratet, weil die Agentin an sein Geld wolle, während er der verträumte, weichherzige Violinist sei, den die ganze Welt vor den gierigen und hartherzigen Zumutungen seiner Agentin schützen wollte.

Man trug dem inzwischen weltberühmten Geiger auch mehrfach einen Lehrstuhl für Violinspiel an, aber er sagte immer wieder, er tauge nicht zum Lehren und habe außerdem viel zu viele Konzertauftritte. Dass er sich sonst in den Medien und auch in seinem social media-Account zunehmend rarmachte, vergrößerte seinen Nimbus nur noch weiter. Man zögerte nicht, ihn mit den großen Violinisten der letzten hundert Jahre zu vergleichen.

Ein großer Vorteil dieser ständigen Tourneen um die ganze Welt war, dass sich Frank immer mehr von dem Einfluss seines Vaters löste, da seine Eltern auch älter geworden waren und keine weiten Reisen mehr unternahmen, um eines seiner Konzerte mitzuerleben. Der Schrecken, den Frank seinem Vater gegenüber immer empfunden hatte, verringerte sich von Jahr zu Jahr mehr. Wenn er mit Laura einen entspannten Abend verbrachte, was wegen seiner vielen Konzerttermine leider nur relativ selten vorkam, konnte Frank inzwischen oft herzhaft lachen, was, als er noch in seinem Elternhaus gewohnt hatte, fast nie geschehen war. Er bedauerte nur, dass er seine Mutter so selten sah, doch sie standen in häufigem E-Mail-Verkehr und ihre Rolle in seinem persönlichen Selbstverständnis wurde von Jahr zu Jahr stärker. Irgendwann, bei einem der seltenen Besuche in seiner Heimatstadt, hatte er ihr sogar gebeichtet, sein ganzer Erfolg sei nur ein Schwindel. Sie hatte ihm geantwortet: Das war mir seit damals, als du in New York so geweint hast, klar, denn auch ich kann im Gegensatz zu deinem Vater, der sich selbst als den alleinigen Schöpfer des Ruhmes seines Sohnes sieht und nur noch in einem Luftschloss lebt, zwei und zwei zusammenzählen. Vielleicht hatte Frank das sogar geahnt, dass seine Mutter ihn längst durchschaut hatte. Er hatte jedoch gestaunt über die Ruhe, mit der seine Mutter diesen Satz ausgesprochen hatte. Offenbar hatte sie sich in den vergangenen Jahren ein Stück weit von ihren Ängsten befreit und sich in Teilen von ihrem tyrannischen Ehemann distanziert. Sie hatte ihrem Sohn allerdings auch gesagt, seinem Vater dürfe er auf keinen Fall von dieser Sache erzählen.

Einen Monat, nachdem Frank ein eigentlich wieder furioses Konzert in der Carnegie Hall gegeben hatte, bei dem ihm jedoch ein minimaler Fehler bei seiner Darbietung unterlaufen war, erschien von dem Kritiker Timothy Schnyder, der vor zehn Jahren am selben Ort bei Franks Violinklängen so begeistert in die Hände geklatscht hatte, ein Artikel in der New York Times. Darin beschrieb der Musikkritiker, dieser kleine Fehler im Spiel des *vermeintlichen* Violinisten Frank

Hüllendorff habe ihn stutzig gemacht, so dass er sich noch einmal dutzende Videos von dessen Konzerten angesehen und viele Menschen aus dessen Umfeld befragt habe, wobei er durch die Indiskretion eines Tontechnikers auch entdeckte habe, wie Franks ehemaliger Schulkamerad durch den Einsatz der allerneuesten digitalen Tontechnik es schaffe, in jedem Konzertsaal den perfekten Eindruck zu erwecken, dass man tatsächlich Frank Hüllendorffs *vermeintlich* einmaliges Violinspiel höre und nicht hingegen eine Aufnahme eines anderen, in dem Fall zu Recht weltberühmten Violinisten. Dass die gesamte Musikkritikerzunft und auch er selbst, schrieb Timothy Schnyder in diesem Artikel, sich über so lange Zeit von Frank Hüllendorff, seinem ehemaligen Schulkameraden und von der gerissenen Managerin Laura Ignazio habe täuschen lassen, stelle ihm und all seinen Kollegen, wie er hier sehr selbstkritisch anmerken müsse, ein ungeheuerliches Armutszeugnis aus. Dabei hätte ihnen allen längst auffallen müssen, die vermeintliche Vielseitigkeit in der Interpretation von Hüllendorffs Violinspiel, die immer wieder als seine größte Stärke hervorgehoben worden sei, habe auf den vollkommenen Mangel eines eigenen Stils hingewiesen, so dass dieser ganze Betrug schon bei den

allerersten Auftritten von Hüllendorff hätte auf-
fliegen müssen. Es zeuge eben, so schloss
Timothy Schnyder seinen Artikel, von der ungemeinen Hysterie in der heutigen Musikindustrie,
wenn ein Musiker, dessen Spiel *vermeintlich* gut
klinge, gleich zu einem göttergleichen Wesen im
Olymp der klassischen Musik emporgehoben
werde.

Durch diesen vernichtenden Artikel kam Lauras
und Franks so sorgsam errichtetes Kartenhaus
binnen eines Augenblicks zum Einsturz. Die
ganze Welt zeigte sich entsetzt von Franks Betrug.
Es half auch nichts, dass Laura die New York
Times wegen Rufmordes verklagte. Frank und
Laura wurden ihrerseits mit Schadenersatzklagen
von allen Konzerthäusern der Welt, in denen
Frank aufgetreten war, überhäuft. Am Ende,
nachdem sie auch über ein Jahr im Gefängnis gesessen hatten, waren sie arm wie Kirchenmäuse,
lebten von Sozialhilfe und wohnten in einer her-
untergekommenen Einzimmerwohnung in
Kreuzberg. Franks Mutter musste ihnen sogar das
Geld geben, damit sie sich den Bus in seine Heimatstadt leisten konnten, wo Franks Vater nach
einem Herzinfarkt im Krankenhaus lag. Noch auf
seinem Sterbebett verfluchte er seinen Sohn dafür, was er ihm angetan habe. Frank jedoch hatte

seit langem aufgehört, sich bei den Vorhaltungen seines Vaters schuldig zu fühlen. Trotzdem weinte er auf dessen Beerdigung und war wegen dieses Verlustes lange Zeit traurig gestimmt. Andererseits konnte er nicht leugnen, er fühlte sich endlich frei.

Laura hatte dann die Idee, ein Memoirenbuch von ihrem Mann herauszubringen. Frank hatte auch für das Schreiben keinerlei Talent, aber sie umso mehr. Das Buch wurde ein enormer Erfolg, denn alle Welt wollte wissen, was hinter diesem in der Musikgeschichte wohl einmaligem Betrug steckte. Das Buch wurde auch verfilmt, so dass die beiden finanziell aus dem Gröbsten heraus waren und sich sogar noch eine bescheidene Wohnung in Steglitz, im Südwesten von Berlin, kaufen konnten. Auch wenn sie es nicht mehr nötig gehabt hätten, tingelten Frank und Laura noch lange Zeit von einer Provinzbühne zur nächsten, um seine Scheinkonzerte darzubieten. Er konnte endlich auch seine Sonnenbrille ablegen und im Scheinwerferlicht auftreten, denn er musste nicht mehr vortäuschen, etwas anderes zu spielen als eine neue Form von Karaoke.

Der Luftreiniger

Mein Mann Jeffry hat sich einen Luftreiniger bestellt. Wir leben in einer Metropole und so oft wir auch die Wohnung saugen und Staub wischen, so ist die Luft doch immer etwas staubig. Außerdem haben wir einen mittelgroßen Hund mit einem dichten Fell, das er bevorzugt auf unseren Teppichen verliert. Betty ist ein liebes, ruhiges Tier, das kaum bellt, die meiste Zeit faul auf dem Teppich liegt und ansonsten vor allem an Leckerlis interessiert ist. Wenn wir von einem Spaziergang zurückkommen, fängt Betty jedes Mal an zu winseln, weil sie ein Leckerli will. Diese Gewohnheit hat sich leider bei uns eingeschlichen und sie ist dem Tier nicht mehr auszutreiben. Ansonsten achten wir aber darauf, dass der Hund seine schlanke Linie behält. Er scheint sehr wohl zu verstehen, dass wir es in dieser Hinsicht ernst meinen. Morgens und nachmittags gehe ich mit dem Hund raus; die letzte Runde am späten Abend übernimmt Jeffry. Er sagt, das tue ihm gut, sich vor dem Insbettgehen nochmal die Beine zu vertreten, da er während des Tages im Büro kaum dazu komme. Jeffry hat einen anstrengenden, aber gut bezahlten Job. Deshalb können wir uns die teure Wohnung im Zentrum dieser nicht billigen Stadt leisten.

Jeffry und ich sind ein glückliches Paar. Wir haben keine Kinder bekommen, aber seit fünf Jahren haben wir Betty; über unseren Hund können wir uns immer wieder austauschen und es wird uns nicht langweilig dabei. Wo viel Sonne ist, ist auch etwas Schatten, wie das Sprichwort sagt, d. h. Jeffry ist deutlich übergewichtig, weil er den Stress auf der Arbeit nicht anders kompensieren kann. Und wenn er von der Arbeit zurückkommt, erwartet er, dass das Essen auf dem Tisch steht. Sonst kann er ziemlich grantig werden.

Jeffry will den Luftreiniger zwischen Wohn- und Schlafzimmer bewegen. Das sind die beiden Räume, wo wir uns am meisten aufhalten, wo wir also am ehesten *frische* Luft brauchen. Als der Paketbote mit der Sendung angekommen ist, hat sie Jeffry ihm förmlich aus der Hand gerissen, während ich es gerade noch geschafft habe, dem jungen Inder als Dankeschön, dass er bis zu uns in den vierten Stock gekommen ist, eine Zwei-Euro-Münze in die Hand zu drücken. Als ich ins Wohnzimmer zurückkehre, hat Jeffry das Gerät bereits ausgepackt und installiert gerade die Geräteapp auf seinem Handy, damit wir es auch aus der Ferne bedienen und einige Parameter wie Verschmutzungsgrad des Filters regelmäßig kontrollieren können. Mir ist das *Internet of Things* etwas unheimlich, aber Jeffry hat keine Berührungsängste mit dieser neuen Welt.

Der Luftreiniger steht auf einem flachen Tisch, um den gerade auch Betty herumschwänzelt. Jeffry ruft, er werde jetzt das Gerät über sein Handy einschalten. Ich schaue gebannt zwischen seinem Handy und dem Luftreiniger hin und her, doch in dem Moment, als Jeffry die entsprechende Taste drückt, gibt es einen kurzen Stromausfall. Ich höre Jeffry stöhnen und den Hund kurz bellen, dann geht das Licht wieder an. Das sanfte Surren des Gerätes setzt ein und alles scheint in Ordnung, obwohl ich bei dem plötzlichen Stromausfall, der vielleicht fünf Sekunden gedauert hat, einen Moment lang einen gehörigen Schrecken bekommen habe. Ganz will dieses Gefühl auch jetzt noch nicht weichen. Irgendwie habe ich den Eindruck, es hat sich etwas Gravierendes geändert. Jeffry erklärt jedoch, sogar im stromleitungssicheren Europa komme ein Stromausfall gelegentlich vor. Ich solle mir keine Sorgen machen. Es sei nichts passiert.

Am Abend feiern wir die Installation des neuen Luftreinigers mit einem Lammbraten. Ich habe mich in der Vorbereitungszeit ausnahmsweise verschätzt und der Braten steht erst eine halbe Stunde nach der üblichen Essenszeit auf dem

Tisch. Jeffry scheint aber so entspannt zu sein und sich so sehr über die nach kurzer Zeit schon viel frischere Luft in unserem Wohn- und Esszimmer zu freuen, dass er auf diese Verspätung ganz entspannt reagiert. Ich bin erleichtert, denn ich hatte befürchtet, Jeffry werde mir deswegen eine seiner gefürchteten Predigten halten. Da ich so sehr mit dem Essen vorbereiten beschäftigt war, habe ich nicht bemerkt, auch Betty hätte längst ihr Fressen bekommen sollen. Sie hat mich knurrend auf dieses Versäumnis hingewiesen. Das Knurren klang sogar eine Spur unfreundlich, was sonst gar nicht ihre Art ist. Sie winselt oder jault eher. Ich gab Betty ihr Futter, auf das sie sich mit noch größerem Eifer als sonst stürzte. Sie musste wirklich Hunger gehabt haben und tat mir leid.

Der Braten ist mir jedenfalls gelungen. Wir stoßen mit einem Glas Rotwein an, den Jeffry schon heute Morgen aufgemacht hat, damit er Luft bekommt, wie er sagt. Es ist ein guter Bordeaux-Wein, den wir seit vielen Jahren bei besonderen Anlässen trinken und der uns immer gut geschmeckt hat. Nachdem Jeffry einen Schluck gekostet hat, sagt er, ob ich ihm ein Glas Wasser geben kann. Ich schaue ihn erstaunt an. Außer Wein und Kaffee trinkt Jeffry sonst nie etwas anderes. Ist dir nicht gut, frage ich ihn. Doch, doch, erwidert er, aber ich spüre gerade das Bedürfnis nach einer frischen klaren Flüssigkeit. Vielleicht ist der Braten etwas zu gesalzen und gewürzt. Aber so magst du ihn doch gerade, sage ich und komme aus dem Staunen nicht mehr heraus. Was ist bloß in dich gefahren, frage ich ihn. Nichts, sagt er mit einer Ruhe in der Stimme, als ob er gerade aus einem vierwöchigen Urlaub käme. Wir essen weiter. Nachdem Jeffry seinen Teller aufgegessen hat, schiebt er ihn beiseite. Ich frage ihn, der normalerweise zwei bis drei Teller pro warme Mahlzeit isst, ob er Bauchschmerzen habe. Er erwidert, ich hätte ihn in der Vergangenheit schon ein paar Mal ermahnt, er müsse dünner werden. Vielleicht sei dies ein guter Moment, um wenigstens ein paar Kilo abzunehmen. Ich bin beleidigt und frage, hat dir der Braten denn nicht geschmeckt? Du hast doch immer einen guten Appetit gehabt. Natürlich hat er mir geschmeckt, aber ich bin wirklich ein bisschen dick. Würdest du heute bitte abräumen und den Abwasch machen, sage ich verstimmt. Den Braten kannst du zurück in den Ofen stellen. Jeffry will sich nach dem Essen eigentlich immer auf das Sofa legen und ein Verdauungsschläfchen halten. So eine Aufforderung, sich noch nützlich zu machen, ist in normalen Fällen eine todsichere Methode, um ihn zur Weißglut zu bringen und gleichzeitig die Wahrheit aus ihm herauszulocken. Hat er womöglich eine Liebhaberin und wartet auf einen günstigen Moment, um mir zu sagen, er will sich scheiden lassen? Ich kann sein merkwürdiges Verhalten jedenfalls nicht verstehen. Er antwortet mit sanfter und keineswegs aggressiver Stimme, er kümmere sich gern um die Küche. Ich solle mich ruhig aufs Sofa legen und mich ausruhen. So einen Braten zu braten, sei schließlich keine Kleinigkeit. Ich könnte ihm an die Gurgel springen, sage aber nichts. In dem Moment geht im Treppenhaus ein Nachbar an unserer Tür vorbei und Betty fängt laut an zu bellen. Unser Hund ist immer die Ruhe selbst gewesen und hat sich an fremden Menschen vor unserer Wohnungstür nie gestört. Ich verstehe die Welt nicht mehr und muss mich in der Tat aufs Sofa legen. Jeffry bringt die Küche blitzblank in Ordnung. In den meisten Fällen, wenn er mal die Küche sauber macht, muss ich danach noch nachbessern. Den Ofen hat er einen Spalt offengelassen, damit der Braten noch etwas ausdampfen kann. Natürlich riecht Betty diesen Fleischgeruch, aber sie ist so gut erzogen, dass sie die Küche auf keinen Fall betritt, egal wie hungrig sie sein mag.

Ich liege auf dem Sofa und lese ein Buch. Auch Jeffry nimmt sich einen Roman zur Hand. Wir verbringen einen ruhigen Abend, nur gelegentlich gestört durch ein leises Knurren Bettys, die noch Hunger zu haben scheint. Nachdem Jeffry noch eine letzte Runde mit dem Hund gedreht hat, gehen wir ins Bett. Ich bin so müde von diesem ungewöhnlichen Tag, dass es mir kaum auffällt: Jeffry ist vor dem Insbettgehen nicht mehr auf Toilette gegangen. Auch diese eiserne Gewohnheit, die bis gestern Abend unumstößlich war, scheint nicht mehr zu gelten. Doch ich registriere das kaum noch. Ich bin zu erschöpft.

Am nächsten Morgen erwartet mich eine unangenehme Überraschung: Betty hat den Braten aus dem Ofen gestohlen und ihn bis auf das letzte Molekül aufgefressen. Jetzt liegt sie fett und satt im Wohnzimmer und schläft den Schlaf der Gerechten. Ich kann es nicht fassen. Eine Welt bricht für mich zusammen. Jeffry ist entgegen seiner Gewohnheit schon früh aufgestanden und ins Büro gefahren. Er hat mir einen kleinen, süßen Zettel geschrieben, er hoffe, heute etwas eher nach Hause zu kommen. Er wolle sich endlich um die kaputte Deckenlampe im Schlafzimmer kümmern. Das hat er seit Jahren versprochen und trotzdem nie erledigt. Wir kommen seit einer

Ewigkeit mit unseren kleinen Nachttischlampen aus. Soll ich ihm glauben? Es geschehen seit gestern so viele merkwürdige Dinge in dieser Familie, da kann auch so ein Versprechen, auf das ich normalerweise keinen Cent geben würde, wahr werden.

Jeffry kommt tatsächlich eher nach Hause, wirkt entspannter als sonst nach der Arbeit und macht sich sofort daran, die Deckenlampe in Ordnung zu bringen, bei der anscheinend nur ein Kabel locker ist. Endlich haben wir wieder gutes Licht im Schlafzimmer. Jeffry hat unterwegs auch noch eine Packung LED-Lampen gekauft und sie statt der alten Halogenlampen in die Deckenlampe eingesetzt, so dass wir sogar noch Strom sparen.

Ich habe derweil ein kleines Abendbrot zubereitet. Wir legen uns beide früh ins Bett und genießen die wiederauferstandene Deckenbeleuchtung, um längere Zeit in unseren Büchern zu schmökern. Jeffry fällt ein, er muss nochmal mit Betty raus und zieht sich wieder an. Er geht wohl eine längere Runde und legt sich danach gleich wieder ins Bett. Auch heute hat mein Mann vergessen, vor dem Schlafengehen auf Toilette zu gehen, aber er scheint keinerlei Harndrang zu haben.

Als ich am nächsten Morgen mit dem Hund unterwegs bin, hält mich eine Nachbarin an, die ebenfalls einen Hund besitzt. Während sich unsere beiden Tiere beschnüffeln, sagt sie in einem verlegenen Ton und so, dass ich kaum verstehe, was sie meint, Jeffry habe gestern Abend nicht nur den Hund Pippi machen lassen, sondern selbst ausgiebig gegen einen Baum gepinkelt. Als ich Jeffry beim Abendessen, das er selbst zubereitet hat, vorsichtig frage, was er mit dieser Operation bezweckt habe, scheint er das Wasserlassen auf der Straße für das natürlichste auf der Welt zu halten. Ich bitte ihn darum, wieder die Toilette zu benutzen, doch auch an den kommenden Abenden will er offenbar von seiner neuen Gewohnheit nicht lassen.

Ich habe derweil jedoch andere Sorgen. Die Waschmaschine geht kaputt. Sie ist schon sehr alt und lässt sich nicht reparieren. Zu meiner Überraschung kümmert sich Jeffry um alles, was mit einer neuen Waschmaschine zu tun hat und schon nach wenigen Tagen können wir wieder Wäsche waschen. Auch dieses neue Modell ist natürlich stromsparender als das alte. Zur Feier dieser gelungenen Operation schlägt Jeffry vor, wir sollen am nächsten Wochenende in die Oper gehen. Er habe bereits Karten reserviert. Wir waren schon ewig nicht mehr in der Oper, weil Jeffry von der Arbeit bisher immer so müde war, aber jetzt scheint er Zeit und Muße für solche Unternehmungen zu haben. Meistens ist er jetzt schon gegen 17 Uhr zuhause, so dass wir noch Zeit für uns haben. Ich bin begeistert und male mir schon im Geiste aus, welches Abendkleid ich zu der Aufführung anziehen werde. Die Woche vergeht wie im Fluge. Die Verdi-Oper gefällt uns ausgezeichnet, bloß als wir nach Hause kommen, ist die Wohnungstür gewaltsam geöffnet worden. Wir bekommen einen Riesenschrecken. Von drinnen hören wir Bettys Knurren. Ihr scheint also nichts passiert zu sein. Im Flur liegt ein maskierter Einbrecher auf dem Boden. Betty hat ihm ins Bein gebissen, denn an seinem Knöchel sind Blutspuren zu erkennen, und steht jetzt über ihm und knurrt auf aggressive Weise, sobald der Einbrecher es wagt, auch nur ein Augenlid zu bewegen. Mit flehentlicher Stimme sagt dieser, bitte nehmen Sie ihren Hund weg. Jeffry ruft die Polizei und einen Krankenwagen, während ich Betty festhalte. Der Einbrecher kann nicht aufstehen wegen seines verletzten Knöchels. Er zittert vor Angst. Schließlich kommen zwei Polizisten und zwei Rettungssanitäter und bringen den Mann weg. Der eine Polizist, der dem Einbrecher auch die Maske abnimmt, sagt, wir sind Ihnen zu großem Dank verpflichtet. Diesem Verbrecher sind wir seit Jahren auf der Spur. Sie müssen sich bei unserem Hund bedanken, sage ich, wir waren in der Oper, als der Mann bei uns eingebrochen ist.

Einen Monat später. Weil wir ihr von der Belohnung für die Erfassung des Einbrechers viel gutes Schabefleisch gekauft haben, ist Betty immer dicker geworden, aber wenn sie ihr Futter auch nur mit einer Minute Verspätung erhält, fängt sie jedes Mal an zu bellen. Jeffry hingegen hat sicherlich 20 Kilo abgenommen und ist wieder der attraktive Mann, der er früher war. Etwas widerwillig benutzt er auch wieder die Toilette zum Urinieren. Sein Chef hat ihm Teilzeit bewilligt, so dass er meist schon gegen halb fünf zuhause ist und das Abendessen vorbereitet, das wir jetzt gerne zeitgleich mit dem Hund einnehmen. Jeffry besteht auch darauf, jeden Abend Fleisch zu essen. Den lästigen Bratengeruch beseitigt der Luftreiniger zum Glück innerhalb kurzer Zeit. Das Gerät ist wirklich eine sinnvolle Investition gewesen, sagt mein Mann, während ich diesen neuen Technologien trotz ihrer eindeutigen Vorteile nicht recht trauen mag.

Gerhards Reise

Gerhard war in der Elphi geboren, also in der Hamburger Elbphilharmonie, aber diese Klänge bis in den späten Abend brachten ihn um den Verstand. Deshalb hatte er den Wunsch auszuwandern. Vielen anderen Mäusen ging es ähnlich. Sie wollten den größtmöglichen Abstand zwischen sich und der Elphi herstellen und gingen direkt zum Hafen, um sich nach Amerika einzuschiffen. Amerika lag, wie alle Hamburger Mäuse wussten, jenseits des großen Teiches, wobei die Mäuse sich diesen als einen großen See vorstellten, der etliche Mäusemeilen Durchmesser hatte und an dessen anderem Ufer sich eben Amerika befand. Eine Mäusemeile waren etwa zehn Meter nach menschlichem Maßstab berechnet.

Gerhard aber hatte große Angst vor dem Wasser und außerdem hatte seine Frau Gerlinde im Gegensatz zu ihm ein großes Faible für die Musik, die in der Elphi gespielt wurde. Sie hockte sich jeden Abend in die Nähe des Dirigentenpultes und lauschte diesen für sie atemberaubenden Klängen. Gerhard hingegen wollte weg und andererseits auch Gerlinde und seine zahlreichen Kinder nicht allein lassen. Die Kinder waren alle ebenso begeistert von der Elphi und konnten sich keinen schöneren Platz auf der Erde vorstellen. Sie verstanden ihren Vater nicht, der für klassische Musik keinen Sinn hatte. Gerlinde, die sehr an ihrem Mäuserich hing, wusste aber, er musste seinen Freiheitsdrang ausleben. Sie schlug ihm eines Tages vor, er könne doch jeden Tag mit dem Zug nach München und zurückfahren, um dann um Mitternacht wieder in seinem Nest in der Elphi zu sein, wenn die ganze Musik, die ihn so störe, vorbei sei. Gerhard war sofort Feuer und Flamme gewesen für diese Idee und setzte sie bereits ab dem nächsten Tag in die Tat um. Es war, als ob er schon immer in einem Zug zuhause gewesen wäre. Er mochte das Schaukeln, das Quietschen der Eisenbahn. Zudem gab es Nahrung im Überfluss, denn viele Fahrgäste nahmen Proviant mit, belegte Brötchen, Kekse, Obst, wovon sie immer kleine Stücke auf den Boden fallen ließen, so dass Gerhard nur unauffällig unter ihren Sitzen warten musste, damit das Essen ihm praktisch in den Mund fiel. Und so sprang Gerhard von einem Wagen zum nächsten und schlug sich den Bauch voll. Nach einer Woche hatte er bereits 10 Gramm zugenommen und er musste sich etwas zügeln, um nicht ganz dick zu werden. Das Leben machte ihm jedenfalls einen Heidenspaß und wenn er gegen Mitternacht zurück in der Elphi war, fiel er gleich wie tot in sein Nest. Am nächsten Morgen aber wachte er voller Tatendrang auf und das war der Moment, wo er und Gerlinde sich oft zärtlich liebten.

Natürlich war es gefährlich, als Maus in einem Zug zu reisen, denn besonders im Speisewagen, aber auch sonst war eine Maus kein gern gesehener Gast. Manchmal schlug ein Küchenbediensteter im Speisewagen mit einem Besen nach ihm oder ein Schaffner versuchte, ihn zu fangen oder zu erschlagen, doch ein solcher Nervenkitzel gehörte zum täglichen Brot einer Maus. Ein paar Mal nahmen die Fahrgäste auch ihre Katze mit auf die Reise. Die ersten Male, wo Gerhard eine Katze im Zug sah, geriet er in helle Panik, bis er verstand, die Katze war in einen Käfig eingesperrt und konnte nicht frei im Zug herumlaufen. So machte Gerhard sich einen Spaß daraus, sich in der Nähe dieses Käfigs aufzuhalten, so dass die Katze ganz wild wurde, weil sie die Nähe der Maus spürte, aber nicht aus ihrem Käfig kam, um Jagd auf ihn zu machen.

Die Schaffner hatten den Auftrag, unerlaubte Tiere zu melden oder nach Möglichkeit gleich zu beseitigen. Die meisten hatten zu viel Angst vor ihren Oberen, um sich nicht an diese Vorschrift zu halten. Es hatte sich rasch herumgesprochen, eine Maus fahre regelmäßig mit dem Zug von

Hamburg nach München, und da Gerhard einen charakteristischen schwarzen Fleck auf dem Rücken hatte, wusste man, es war immer dieselbe Maus. Man nahm aber an, die Maus wäre *immer* an Bord. Wenn der Zug am späten Abend in Hamburg ankam, gab der Schaffner dem Reinigungsteam daher Bescheid, es solle die Maus aufspüren und entsorgen, aber das Reinigungsteam konnte die Maus nie finden, da Gerhard ja längst wieder den Schlaf der Gerechten in der Elphi schlief. Er hielt also die gesamte Deutsche Bahn zum Narren. Man ließ jetzt jede Nacht eine Katze in jedem Wagen. Außer dass das Mobiliar zerkratzt wurde, schien auch diese Taktik erfolglos zu sein. Eines Morgens jedoch sah eine Schaffnerin, wie Gerhard sich in den Zug schlich und sie schaffte es, das kleine Tier zu fangen. Sie wollte die Sache gerade dem Chefschaffner melden und hoffte auf eine satte Prämie, als dieser sie wegen einer Lappalie anschnauzte, die er selbst verursacht hatte – er hatte sich Kaffee auf sein weißes Uniformhemd geschüttet. Sie verließ die Dienstkabine wortlos und ließ die Maus wieder frei. Gerhard, der schon seine letzte Stunde hatte läuten hören, konnte sein Glück kaum fassen. Trotzdem war ihm das Pflaster zwischen Hamburg und München zu heiß geworden und er beschloss, zur

Abwechslung eine andere Strecke zu fahren. So lernte er ziemlich gut das gesamte deutsche Streckennetz kennen, aber er versuchte immer, um Mitternacht wieder zuhause zu sein. Gelang ihm dies nicht, geriet Gerlinde in große Sorge um ihn. Sie dachte dann immer, man habe ihn geschnappt und sie werde ihn nie wiedersehen.

Gerhard genoss nicht nur unter den Menschen, sondern natürlich auch unter den Mäusen oder zumindest den Mäusen der Elphi nahezu mythischen Status. Seine zahlreichen Kinder lauschten gespannt seinen Geschichten bzw. sie lauschten den Geschichten, die Gerlinde von seinen Abenteuern erzählte, denn Gerhard selbst war ja meist unterwegs und gab Gerlinde nur eine knappe Zusammenfassung seiner Erlebnisse, die sie mit ihrer Erzählkunst auszuschmücken wusste, so dass sie und ihre Kinder manchmal sogar den Beginn des Abendkonzerts verpassten. Aus Gerlindes Mund hörten sich Gerhards Abenteuer wie eine Symphonie mit vielen dramatischen Höhepunkten und einem krachenden Schluss an. Alle ihre Kinder fragten Gerlinde, wieso sie ihren Mann nicht wenigstens manchmal auf seinen Reisen begleite, aber sie lehnte immer wieder dankend ab. Man müsse so ein Reisefieber schon in den Genen haben und sie sei eben nur für die Musik und das Erzählen geboren.

Durch Gerlindes Erzählungen verbreitete sich der Ruhm von Gerhard jedenfalls immer mehr, auch wenn er davon gar nicht so viel mitbekam, denn er hatte keinerlei intellektuellen Anspruch an sich selbst, was Gerlinde manchmal bedauerte, aber man konnte eben nicht alles haben im Leben. Wenn man es genau nahm, war Gerhard eigentlich eine oberflächliche und egoistische Maus. Wenn er nach Hause kam, erzählte er nur von seiner jeweiligen Reise. Er fragte nie, wie es Gerlinde mit ihren ständigen Schwangerschaften ging oder ob die Kinder Probleme hätten. Den Alltag von Gerlinde, ihr Leben blendete er vollkommen aus, als ob das vollkommen irrelevant sei. Gerhard war eben noch ein Machomäuserich alten Schlages.

Eines späten Nachmittags befand sich Gerhard wieder am Münchner Hauptbahnhof, als eine Bande von Bahnbediensteten ihn entdeckte und ihn im Nu umzingelt hatte. Er wusste sich keine Rettung und floh in einen Zug, der ganz anders aussah als ein normaler weißer Intercity Express. Als er sich unter einen Sitz in der Ersten Klasse versteckt und sich versichert hatte, seine

Verfolger hatten die Jagd nach ihm aufgegeben, dachte er, er sei langsam zu alt für dieses unstete Leben und er würde gerne ein paar Tage bei Gerlinde sein, um sich auszuruhen und sich von ihr verwöhnen zu lassen. Der Zug war losgefahren und Gerhard dachte weiter, er werde wohl erst weit nach Mitternacht an der Elbe ankommen. Gerlinde würde mit ihm schimpfen und ihn aus Rache am nächsten Morgen nicht an sich heranlassen, wo er doch gerade so einen Drang hatte, aber sie sagte neuerdings öfter, sie werde alt und wolle keine Kinder mehr haben, was er gar nicht verstehen konnte, denn wozu war der Sex da, wenn nicht um Kinder zu machen. Aber dass seine Kinder alle auf klassische Musik standen und ihre Pflichten als Erzeuger von Nachwuchs vernachlässigten, wollte Gerhard nicht in den Kopf. Während er so nachdachte, bemerkte er, der Zug war deutlich langsamer geworden und kletterte immer weiter in die Höhe. Gerhard bekam einen Riesenschrecken, denn er verstand, in der Eile, sich seinen Verfolgern zu entziehen, war er in den falschen Zug gestiegen und jetzt wer weiß wohin unterwegs. Dann hörte er eine Durchsage, der Zug halte in wenigen Momenten in Brenner. Eigentlich verstand Gerhard keine Menschensprache, aber weil er durch viele Bahnhöfe in

Deutschland gefahren war, kannte er den Klang
dieser Städtenamen, doch Brenner hatte er noch
nie gehört und kein deutscher Bahnhof lag so
hoch in den Bergen wie dieses Brenner. Hier lag
sogar Schnee. Gerhard geriet in Panik, wo dieser
Zug hinführe; er wäre am liebsten aus dem Fenster gesprungen. Alles auf der Welt war besser, als
nach Brenner zu fahren. Wenige Augenblicke
später hielt der Zug. Gerhards Herz stand still.
Hier musste das Ende der Welt sein. War er in einen Todeszug gestiegen? Waren dies die letzten
Sekunden seines Lebens? Er sah uniformierte
Männer und Frauen auf dem Gleis herumlaufen.
Die Uniformen waren ganz anders als in Deutschland. Würden diese Menschen ihn fangen und le-
bendig begraben? Er musste an Gerlinde und all
seine Kinder denken. Er würde sie nie wiedersehen. Er verfluchte den Tag, als er das erste Mal in
einen Zug gestiegen war. Lieber hätte er sich tausend Konzerte angehört, als noch einen Moment
hier auszuharren. Ein Mensch hatte die Tür seines
Wagens geöffnet. Gerhard hätte herausspringen
können. Etwas hielt ihn davon ab. Vielleicht war
es doch besser, in diesem Zug zu sterben, als dort
draußen zu erfrieren. Auch in Hamburg war es im
Winter kalt, aber so gefroren wie hier in Brenner
hatte er noch nie. Er blieb also in dem Zug und

schämte sich seiner Feigheit. Gerade als die Türen wieder zuschlugen, sah Gerhard am anderen Ende des Wagens einen mausgroßen Schatten in den Zug springen, doch bevor er sich näher über diese Erscheinung Gedanken machen konnte, fuhr der Zug mit einem Stöhnen wieder los. Wie konnte das sein? War Brenner doch nicht das Ende der Welt? Aber was sollte es danach noch geben, piepste Gerhard vor sich hin.

Italien, du Volltrottel, piepste eine Mäusestimme zurück, die offenbar Gerhards letzte Worte gehört hatte. Mäuse sprechen überall auf der Welt dieselbe Sprache, aber die Dialekte dieser Sprache machen es manchmal schwer, eine Maus aus einem anderen Land zu verstehen. Deshalb hatte Gerhard die Worte der Maus nur schwer deuten können. Obwohl sie ihn einen Volltrottel genannt hatte, was er unter normalen Bedingungen nicht hingenommen hätte, war er so erleichtert, eine Mausstimme zu hören, dass er über diese Beleidigung hinwegsah. Er drehte seinen Kopf in ihre Richtung und es traf ihn wie ein Blitzschlag: Die Maus hatte die hübscheste Nase, die er je gesehen hatte. Gerhard geriet in eine Aufregung, dass sein ganzer Körper anfing zu zittern. Die fremde Maus schien seine Verlegenheit zu spüren und sagte in einem viel weicheren Ton, ich heiße Gelsomina.

Und ich heiße Gerhard, stotterte er. Was ist denn das für ein Name, lachte die Maus aus vollem Hals. Gerhard war so betört von Gelsominas Nase, dass er nur sagte, ich bin aus Deutschland. Was ist denn das Deutschland, erklärte Gelsomina mit verächtlicher Stimme. Kann man das essen? Und was ist Italien, fragte Gerhard zurück, weil ihm die Frechheit von Gelsomina allmählich doch zu weit ging. Gelsomina hob ihre Nase voller Stolz und erklärte, du bist hier in Italien und wenn du weiter so doofe Fragen stellst, kannst du was erleben. Das verspreche ich dir. Gerhard war es gewohnt, dass man ihm Respekt zollte. Auch wenn Gerlinde furchtbar wütend wurde, hätte sie sich nie erlaubt, in diesem Ton mit ihm zu sprechen. Er musste unbedingt wieder die Oberhand gewinnen, aber wieder schaute er auf Gelsominas Nase, konnte nur ein verlegenes Piepsen von sich geben und der nächste Satz von Gelsomina gab ihm endgültig den Rest: Und weißt du nicht, es ist unverschämt, einer Maus so auf die Nase zu starren. Gerhard hatte noch nie so harte Worte von einer Maus vernommen. Er war erschüttert und gleichzeitig empfand er für Gelsomina eine Zuneigung, die er seit seiner ersten Verliebtheit nicht mehr empfunden hatte. Die Welt schien auf dem Kopf zu stehen. Gerhard wollte sich räuspern, um etwas zu sagen, aber er verschluckte sich, so dass er einen heftigen Hustenanfall bekam. Gelsomina schaute ihn an, als ob sie nicht wisse, ob er nur Theater spielte oder die Situation ihn tatsächlich überforderte. Schließlich beruhigte er sich. Gelsomina schaute ihn ungläubig, wenn nicht gar verlegen an. Vielleicht hatte sie doch etwas übertrieben mit ihren harten Worten, aber gegenüber italienischen Mäuserichen durfte man als weibliche Maus keinerlei Zweifel aufkommen lassen, dass man bereit war, sich mit allen Mitteln gegen männliche Zudringlichkeit zu wehren, doch offenbar hatte sie diese fremde Maus, die einen merkwürdigen, noch nie gehörten Dialekt sprach, jetzt genügend eingeschüchtert, um ihm gegenüber einen anderen Ton einschlagen zu können. So fragte sie mit weicher Stimme erneut, ist Deutschland eine Käsesorte? Gerhard musste lachen. Die Frage war wirklich zu komisch. Plötzlich kamen ihm Tränen, weil er vorhin in Brenner so um sein Leben gefürchtet hatte. Gelsomina rieb ihre Nase an seiner Nase. Gerhard verstand die Welt nicht mehr, aber ein Gefühl der Wärme floss durch seinen Körper, die Tränen kullerten ihm aus den Augen und er hatte das Gefühl, sein Leben werde ab jetzt nie wieder so sein wie zuvor.

Er war Gelsomina unendlich dankbar, dass sie in diesem Moment bei ihm war.

Er erzählte, was Deutschland war und Gelsomina schaute ihn mit ungläubigen Augen an. Sie sagte, am Brenner hört die Welt auf. Weiter nördlich gibt es *nichts* mehr. Da musste Gerhard so lachen, dass ihm beinahe das Zwerchfell geplatzt wäre. Dann erklärte ihm Gelsomina, was Italien ist und dass es das Schönste sei, was man sich vorstellen könne. Wer Italien nicht kenne, bleibe in seinem Leben ein Dummkopf. Er, Gerhard, sehe aber nicht wie ein Dummkopf aus, deshalb werde sie ihm Italien zeigen und er werde danach eine ganz andere Maus sein. Wieder gab sie ihm einen frechen, aber zärtlichen Stupser mit der Nase.

So sehr Gerhard diese Aussicht gefiel, ja begeisterte, ein Land kennen zu lernen, von dessen Existenz er bis vor wenigen Stunden nichts gewusst hatte, so hatte er jedoch bei all dieser Aufregung Hunger bekommen. Er hatte seit München nichts mehr gegessen. Gelsomina zeigte ihm eine Ecke, wo ein kleines Stück Käse herumlag. Sie hatte offenbar auch Hunger, aber sie ließ ihm den Vortritt, weil in Italien der Gast König sei. Eine solche Selbstlosigkeit hatte Gerhard noch nie erlebt. Unter Deutschlands Mäusen galt, immer und überall wollte man der Erste sein. Wer zuerst das Futter entdeckte, musste sich sofort darauf stürzen, sonst schnappte es ihm ein anderer weg. So lautete das Gesetz. Wenn Gerhard in deutschen Zügen reiste und es tauchte, selten genug, ein Konkurrent auf, verjagte er diesen, so schnell er konnte.

Sie fuhren jetzt wieder bergab. Auch Gelsomina hatte inzwischen ein paar Brotkrümel gefunden und sich einigermaßen satt gegessen. Eine Weile schwiegen sich die beiden Mäuse an, weil es auch schon Schlafenszeit war, aber etwas hielt sie wach. Sie passierten Verona und Bologna und als der Morgen hereinbrach, hatten sie Florenz schon hinter sich gelassen. Ihr nächster Halt war Rom. Gerhard staunte über die fremde Landschaft, die er durch das Fenster erblickte, denn Gelsomina hatte ihn auf einen freien Tisch gelotst, von dem aus er ins Freie schauen konnte. Sie klärte ihn darüber auf, was ein Olivenbaum und was eine Zypresse sei und dass viele alte Dörfer aus dem Grund auf der Spitze eines Hügels stünden, weil die Bewohner ihre Mäuse vor den vor allem in den Sumpftälern vorkommenden Schlangen hätten schützen wollen. Gerhard war bass erstaunt, dass die hiesigen Menschen sich solche Mühe mit ihren Mäusen gaben.

Sie waren fast in Rom angekommen, als Gelsomina Gerhard mit einem spitzen Blick musterte und sein Aussehen der uralten Mäusestadt am Tiber anscheinend nicht für würdig hielt. Gerhard hatte keinerlei Ahnung, dass er eventuell nicht schön aussehen könne. Gelsomina schleppte ihn zu einem Spiegel, der sich auf der Toilette am Ende des Waggons befand. Ein Mensch hatte die Toilettentür offengelassen und die beiden Mäuse schlüpften hinein. Als Gerhard sich auf die Anweisung von Gelsomina hin auf die Glasablage oberhalb des Waschbeckens gestellt hatte und sich selbst im Spiegel sah, witterte er einen Rivalen, obwohl er dessen Geruch nicht wahrnehmen konnte, und fing an, aggressiv zu piepsen. Gelsomina konnte sich gar nicht mehr einkriegen vor Lachen und erklärte, das ist doch nur dein Spiegelbild, du Dummkopf. Was ist ein Spiegelbild, fragte Gerhard irritiert zurück. Das bist du selbst, entgegnete Gelosomina, bzw. das ist nur ein Bild deines Selbst, das sich aber genauso bewegt wie du. Ich verstehe nicht, sagte Gerhard. Hebe mal deine *linke* vordere Pfote hoch, sagte sie. Das tat er. Die Maus im Spiegel hob im selben Augenblick ihre *rechte* vordere Pfote. Also macht sie doch nicht, was ich mache, erklärte Gerhard. Du bist wirklich ein Dummkopf, erklärte

Gelsomina. Diese deutschen Mäuse mussten Barbaren sein, dachte sie sich. Bei diesem Wort fiel ihr wieder ein, weswegen sie Gerhard vor den Spiegel gezerrt hatte. Sie wollte ihm zeigen, dass er dreckig war und sich dringend sein Fell reinigen musste, bevor sie in Rom, ihrer Heimatstadt, eintrafen. Schließlich konnte sie ihm klarmachen, was ein Spiegel war und brachte ihn auch dazu, sich gründlich das Fell abzuschlecken. Wenige Augenblicke später hielt der Nachtzug aus München an der Stazione Termini. Die beiden Mäuse wollten gerade wieder vom Waschbecken auf den Toilettenboden springen, als ein etwa achtjähriger Junge in den kleinen Raum kam. Er wollte offenbar vor Verlassen des Zuges noch Pipi machen. Als er jedoch die beiden Mäuse auf dem Waschbecken sah, fing er an zu schreien und rannte davon, nicht ohne die Toilettentür hinter sich zuzuschlagen. Die beiden Mäuse waren gefangen. Es dauerte eine Weile, bis schließlich eine farbige Reinigungskraft die Tür wieder öffnete und Gelsomina und Gerhard wie zwei Blitze durch die offene Tür sausten und auch gleich durch die Waggontür auf das Gleis sprangen. Kaum hatten sie sich dort einmal nach links und nach rechts umgesehen, als sie zweier Katzen gewahr wurden, die sie ihrerseits bereits entdeckt hatten. Gerhard bibberte um sein Mauseleben. Er schaute Gelsomina an, ob sie einen Ausweg wisse aus dieser ausweglosen Situation. Sie schien die Ruhe in Maus zu sein und streckte den Katzen sogar die Zunge raus, was diese erst recht zu reizen drohte, wie der immer mehr zitternde Gerhard befand, aber im nächsten Moment, als die beiden Katzen sich schon auf sie stürzten, war Gelsomina zu einer weißen Steinbank auf dem Gleis geeilt, an dessen Bodenecke sich ein kleines Loch befand, durch das sie hindurchschlüpfte. Seine panische Lähmung überwindend raste Gerhard ihr in dieses Loch hinterher, so schnell er nur konnte. Eine der beiden Katzen hätte ihn fast noch am Schwanz erwischt.

Es dauerte ein paar Minuten, bis sich sein Herz wieder beruhigt hatte und seine Augen sich an das wenige Licht gewöhnt hatten. Er wollte Gelsomina Vorhaltungen machen, sie habe ihn in keiner Weise auf diese Katzengefahr vorbereitet, aber Gelsomina, die weiterhin eine Ruhe ausstrahlte, als ob sie gerade drei Tage in der Sonne gelegen habe, las ihm seine Gedanken vom Gesicht ab und schaute ihn mit einem herausfordernden Blick an, wie um ihm zu sagen, willkommen in der geilsten Stadt der Welt! Gerhard war erstmal sprachlos, wie er auf einen solchen Blick reagieren sollte. Gelsomina hatte überhaupt einen Sprachwitz und eine Schnelligkeit, mit der sie Situationen erfassen und zu ihrem Vorteil drehen konnte, dass Gerhard davon ganz schwindelig wurde, denn er kannte ein solches Tempo aus seiner Heimatstadt nicht, wo es im Allgemeinen unter den Mäusen eher gemächlich oder eben hanseatisch zuging. Doch bevor seine langsamen Gehirnwindungen die Implikationen dieses frechen Blicks weiterverarbeiten konnten, hörte er Gelsominas Stimme neben sich, ich stelle dir meinen Cousin Geppino vor. Im Halbdunkeln konnte Gerhard entdecken, da war eine andere, fremde Maus, die er schon zuvor mit der Nase wahrgenommen hatte. Sie beschnupperten sich jetzt ausgiebiger mit der Nasenspitze und fanden sich gegenseitig ganz ok. Geppino war eigentlich nur ein Cousin dritten oder vierten Grades – sie selbst habe da ein bisschen die Übersicht verloren –, erklärte Gelsomina dem deutschen Besuch. Ihrem Cousin wiederum erzählte sie, Gerhard stamme aus Deutschland, einem Land, das es nicht gebe, denn es befinde sich nördlich des Brenners und alle Mäuse wüssten schließlich, die Welt höre am Brenner auf, nördlich des Brenners sei das *Nichts*. Gerhard wollte wieder protestieren gegen diese unerhörten Behauptungen, aber in dem Moment hatte ihn Geppino mit der Vorderpfote bereits in die Flanke gezwickt, wie um festzustellen, ob er tatsächlich echt oder nur ein Geist sei. Dass sich Geppino ihm gegenüber solche Freiheiten herausnahm, obwohl sie sich gerade erst kennen gelernt hatten, fand Gerhard empörend, aber wieder schien Gelsomina seinen Gefühlszustand erraten zu haben, denn sie sagte Geppino etwas in ihrem nur schwer verständlichen italienischen Dialekt, so dass der Cousin sich zurückzog und die beiden Mäuse wieder allein ließ, nicht ohne sich von Gerhard ausführlich und nahezu überschwänglich verabschiedet zu haben, als ob sie die engsten Verwandte seien. Diese überaus freundliche und herzliche Verabschiedung hatte Gerhard Geppinos freches und unerhörtes Zwicken in seine Flanke wieder vergessen lassen. Dass man aber so rasch von einer Situation in die andere wechseln konnte, als ob es die vorhergehende Situation gar nicht gegeben habe, war ein Verhalten, das Gerhard in seinem deutschen Leben noch nicht erlebt hatte. Er kam aus dem Staunen über die merkwürdigen Sitten in diesem Mäuseland nicht mehr heraus. Dass er überhaupt auf dieser italienischen Reise seine grauen Zellen so viel anstrengen musste, war ebenfalls ein Novum für ihn, der es gewohnt war, dass die Dinge einfach gescha-

hen, ohne dass man sich über sie Gedanken machen musste, doch hier in Italien machte es ihm
auf einmal Spaß, die Dinge verstehen zu wollen,
so wie Gelsomina ihm das mit dem Spiegel erklärt
hatte, was ihn zunächst so verwundert hatte, dass
er es nicht hatte glauben mögen. Er ahnte, das mit
dem Spiegel hatte noch eine tiefere Bedeutung,
doch wieder hatte Gerhard keine Zeit, um aus-
führlicher über diese Dinge nachzudenken, denn
Gelsomina zerrte ihn jetzt durch allerlei dunkle
Mäusegänge unterhalb des Bahnhofs, bis sie auf
dem Bahnhofsvorplatz wieder ans Tageslicht kamen, wo zahlreiche Busse herumstanden. In einen davon hopsten sie hinein und versteckten
sich unter einem Sitz. Der Bus füllte sich rasch
mit Menschen und rumpelte auf allerlei Kopfsteinpflaster durch die Stadt. Dies ist die berühmte Linie 64, flüsterte Gelsomina Gerhard zu.
Sie führt uns ganz in die Nähe eines Ortes, den
ich zwar nicht ausstehen kann, der aber sehr
wichtig ist, wenn man diese Menschenstadt verstehen will. Gerhard nickte, obwohl er nur Bahnhof verstand. Während er das Rumpeln des Bus-
ses auf dem Kopfsteinpflaster über sich ergehen
ließ und Gelsomina eine ganze Weile nichts sagte,
dachte er – und er dachte schon wieder –, in
Hamburg oder überhaupt in Deutschland machte

man immer sehr konkrete Aussagen, während ihm bei Gelsomina auffiel, sie sprach öfters nur in Andeutungen, ohne dass man verstand, worauf sie eigentlich hinauswollte. Es war, als ob es bei den italienischen Mäusen eine zweite Sprache unterhalb des Gesagten gebe, die nur sie selbst verstehen konnten, denn ansonsten wäre ihm vieles, was Gelsomina scheinbar sinnlos daherredete, tatsächlich nur als leeres Geschwätz erschienen, aber er hatte in dieser kurzen Zeit, seitdem er sie kennen gelernt hatte, schon eine Ahnung davon bekommen, hinter ihren Worten steckte mehr, als man im ersten Moment wahrnahm. Diese Gedanken, die in seinem Kopf herumschwirrten, waren verwirrend und er hatte immer mehr den Eindruck, er verlor sich in ihnen und bald werde er nicht mehr fähig sein, einen Anfang und ein Ende zu finden. Er merkte, seine ganze Welt, so wie sie bisher in seinem Kopf bestanden hatte, geriet allmählich in Unordnung. Selbst den Gedanken, die Welt sei nicht nur in der Welt, sondern sei vielleicht ein Konstrukt seines Kopfes, hätte er bis zu seiner Begegnung mit Gelsomina niemals denken können. In diesem Sinne hatte ihm auch die Erkenntnis über die wahre Natur des Spiegels die Augen auf eine Weise geöffnet, wie er sie bis dahin nicht für möglich gehalten hätte. Vielleicht, so dachte er in diesem Moment, habe ich nicht nur in dem Spiegel mein Spiegelbild gesehen, sondern es ist dieses ganze Mäuseland, von dessen Existenz ich bis vor kurzem noch nie etwas gehört hatte, das mir einen Spiegel vorhält. Wozu das aber alles nützlich sein soll, ist mir nicht klar.

Innerhalb von nicht mal 24 Stunden hatte sich in Gerhard alles mit einer unglaublichen Geschwindigkeit geändert. Das Gefühl, das er dabei empfand, schwankte zwischen einer großen Angst, seine ganze bisherige Welt war ins Rutschen geraten, und einer Art Rauschzustand, er bewege sich auf eine neue Welt zu, deren Glanz alles übertraf, was er sich bisher vorgestellt hatte.

Bevor sich Gerhard aber gänzlich in einen Mäusephilosophen hatte verwandeln können, holte ihn Gelsomina mit einem Piepsen in die Wirklichkeit zurück. Der Bus war schon seit einer Weile an seiner Endhaltestelle angekommen und der Busfahrer war ausgestiegen, um draußen eine Zigarette zu rauchen. Du schienst so in deinen süßen Gedanken verloren, dass ich dich nicht stören wollte. Du bist kaum in dieser Stadt angekommen und schon bist du der typischen Krankheit verfallen, an der alle fremden Besucher hier leiden, sie fangen nämlich an zu träumen und finden aus diesen Träumen nicht mehr heraus. Du solltest vorsichtig sein, nicht an alles zu glauben, was dein Geist dir vorgaukelt. Das könnte gefährlich werden.

Dass sie seine wunderschönen Gedanken von gerade eben so gering zu achten schien und sie sogar als *Krankheit* bezeichnete, kränkte Gerhard ungemein; noch mehr überraschte ihn auf negative Weise, dass sie seine Gedanken, die er als das Intimste empfunden hatte, was ihm je in den Sinn gekommen war, als etwas ganz Gewöhnliches und nahezu Banales ansah, dass sie seine Gedanken also in keiner Weise zu würdigen wusste, sondern sie fast in den Dreck zog.

Gerhard war so gedemütigt, dass er seine Schnauze herabhängen ließ und nicht mehr wusste, wie ihm geschah. Doch wieder war es Gelsomina, die seinen Gemütszustand intuitiv erfasste, ihm den schon rituellen Stups auf die Nase gab und ihn dazu brachte, aus dem Bus zu springen, denn der Busfahrer hatte bereits wieder den Motor angelassen und wollte zurück zur Stazione Termini fahren.

Gelsomina und Gerhard waren nur wenige Mäusemeilen gelaufen – eine Mäusemeile sind nach menschlichem Maßstab ja etwa zehn Meter –, als sie an einen Ort kamen, der ihn für alles entschädigte, was er in den Momenten zuvor erlitten hatte oder erlitten zu haben glaubte: Sie standen auf einem Platz, der nach vorne offen, aber links und rechts von einer mehrreihigen Säulenreihe umfangen war. Nach hinten hin stand eine große, grauweiße Kirche mit einer enormen Kuppel, die in den tiefblauen römischen Stadthimmel hinein- ragte. Gerhard fühlte sich überwältigt von dieser Pracht. Auch wenn er Menschen oft nicht leiden konnte, weil sie meist Böses gegen die Mäuse im Schilde führten, musste er zugeben, ihnen war in diesem Fall ein ziemliches Wunderwerk gelun- gen. Er blieb lange auf seinen Hinterbeinen sitzen und musste diese Pracht, diese Herrlichkeit inten- siv auf sich einwirken lassen. Besonders die Kup- pel hatte es ihm angetan, aber vielleicht noch mehr die beiden halbrunden Säulenreihen, die wie die Arme des großen Mäusegottes waren, der sein Volk in seine Arme aufnahm und vor den vielen Widrigkeiten des Lebens beschützte. Gerhard fühlte plötzlich eine Ruhe in sich, als ob keine Gefahr der Welt ihm mehr etwas anhaben könne.

Du wirst doch nicht plötzlich katholisch werden und an Mäusegott glauben, meinte Gelsomina in einem spöttischen Ton und gab ihm einen Stoß in die Flanke. Die Kirche ist raffiniert, fuhr sie fort, sie weiß, wie sie die Menschen beeindrucken kann, um ihnen letztendlich die Freiheit zu nehmen, mit ihrem eigenen Kopf zu denken. Pass auf, dass du nicht in diese Menschenfalle tappst. Du würdest unserem Mäusevolk damit keinen Gefallen tun.

Gerhard wollte etwas erwidern, aber Gelsomina ließ ihn nicht zu Wort kommen.

Als Mausjunges, erklärte sie, haben meine Eltern auch mich sonntags in die Kirche geschleppt, weil sie wie so viele andere Mäuse auch dem Menscheneinfluss erlegen waren, aber als ich eine erwachsene Maus geworden bin, habe ich mir klar gemacht, Religion beruht nur auf Schein und besitzt keinerlei Verankerung in der Realität. Die Menschen von der Kirche sind genauso böse wie alle anderen Menschen auch. Es gibt da keinen Unterschied. Wer an das Gute im Menschen glaubt, muss nicht ganz richtig sein im Kopf.

Dann bin auch ich nicht ganz richtig im Kopf, entgegnete Gerhard mit schwacher Stimme, er sei immer noch ergriffen von diesem Ort, der etwas so Schönes, so Erhabenes an sich habe, dass seine ganze Mäuseseele davon erleuchtet sei.

Gelsomina schaute ihn von der Seite an und Gerhard verstand nicht, ob sie fand, er sei nicht ganz bei Trost, oder ob seine Worte auch ihr Herz berührt hatten. Sie forderte ihn jedenfalls auf, mit in das Innere der Kirche zu kommen. Es war dort sehr menschenvoll und die beiden Mäuse mussten aufpassen, dass die Menschen nicht auf sie drauftrampelten. Sie hielten sich daher meist am Wandrand auf und hatten Mühe, an den vielen Menschenleibern vorbei die Schönheit und die Pracht dieser Kirche zu erkennen und zu genießen. Etwas enttäuscht liefen sie wieder nach draußen. Trotzdem war Gerhard ungemein beeindruckt von diesem Gesamtbauwerk. Hamburg, aber auch andere deutsche Städte hatten nichts Vergleichbares zu bieten. Die italienischen Menschen mussten Fähigkeiten besitzen, von denen die deutschen Menschen nicht mal zu träumen wagten.

Du bist ja ganz schön hereingefallen auf diesen Budenzauber, erklärte Gelsomina und schaute ihn mit einem Blick an, der halb Spott und halb Stolz war, dass es ihr gelungen war, bei ihm Eindruck zu schinden mit dieser Kirche und diesem Platz.

Doch bevor Gerhard wieder in seine Rom-Sinnereien verfallen konnte, drängte Gelsomina ihn zu einem kleinen Bus, der sie zu ihrem nächsten Etappenziel bringen sollte. Es war die Linie 41, die nur eine kurze Strecke auf den Gianicolo fuhr. Oben auf dem Hügel angelangt, schubste

Gelsomina Gerhard, der noch immer ganz besoffen schien von dem gewaltigen Eindruck, den die weißgraue Kirche auf ihn gemacht hatte, mehr oder minder in einen Park, lotste ihn zu einem kleinen Wald mit hohen Pinienbäumen und erklärte feierlich, hier bin ich geboren! Gerhard schien ihre gewichtigen Worte kaum vernommen zu haben, so dass sie ihm vor Entrüstung in die Nase biss. Davon erwachte er endlich aus seinem mystischen Schlaf.

Kannst du bitte wiederholen, was du gerade gesagt hast, sagte er peinlich berührt.

Ich bin hier in diesem erhabenen Hain geboren, du elender Volltrottel, und das ist viel wichtiger als zehn Petersdome auf einem Haufen, entgegnete sie mit wütend piepender Stimme.

Gerhard verstand, er hatte einen Fauxpas begangen und musste es wiedergutmachen und gleichzeitig schmunzelte er innerlich, endlich einen Schwachpunkt bei Gelsomina entdeckt zu haben. Doch, um sie nicht noch weiter zu reizen, ließ er sich von ihr lang und breit erklären, wer ihre Eltern und ihre zahlreichen Geschwister waren und dass sich die gesamte Familie immer sonntags hier in diesem Hain traf, weil an diesem Tag hier ebenso viele Menschenpicknicker saßen, so dass der Essenstisch auch für die gesamte Mäusefamilie reich gedeckt war. Gerhard verstand, ihre große Familie bedeutete Gelsomina sehr viel mehr als ihm seine eigene und ihre Familie besaß einen starken Zusammenhalt, der weit über das hinausging, was er aus seiner Hamburger Familie kannte. Diese Erkenntnis versetzte ihm einen tiefen Stich ins Herz und er fühlte sich plötzlich schuldig, all die letzten Mäusejahre nur an sein Reisen gedacht und keinen einzigen Gedanken an Gerlinde und all ihre Kinder verschwendet zu haben. Mitten unter diesen majestätischen Pinienbäumen verspürte er eine Sehnsucht nach Gerlinde, die ihm das Herz zerriss. Er hatte ihre Liebe bis zu diesem Moment immer für selbstverständlich genommen und nie gedacht, auch sie bedürfe vielleicht seiner Zuneigung und seiner Unterstützung. Er war ein elendiger Volltrottel, der zu nichts taugte. Es kam ihm auch erst jetzt in den Sinn, Gerlinde machte sich in diesem Moment sicherlich riesengroße Sorgen um ihn und musste davon ausgehen, er sei tot.

Über Gelsominas und Gerhards Köpfen kreiste derweil ein Mäusebussard, der sie seit einer Weile erspäht hatte und nur auf einen günstigen Moment wartete, um sich auf seine Opfer herabzustürzen. Jetzt sah er den Moment gekommen und ließ sich lautlos zu Erden fallen. Gelsomina bemerkte den Greifvogel im allerletzten Moment und konnte sich in Sicherheit flüchten, aber für Gerhard kam jede Hilfe zu spät. Sie hörte seinen Todesschrei, der ihr durch Mark und Bein ging. Der Bussard erhob sich mit seiner schon toten Beute wieder in die Lüfte und war nach kurzer Zeit verschwunden. Er musste sich irgendwo auf einen Baum gesetzt haben, um Gerhard zu verspeisen. Gelsomina ließ einen Piepsschrei aus ihrer Kehle ertönen, der selbst einen Stein zu Tränen gerührt hätte. Sie war untröstlich, sie machte sich unendliche Vorwürfe und einen Moment lang betete sie sogar zum Mäusegott, was sie seit ihrer Kindheit nicht mehr getan hatte, er möge Gerhard auf irgendeine überirdische Weise noch erretten.

In einiger Entfernung hörte sie ein Piepsen, das ihr vertraut vorkam. Sie eilte, so schnell sie mit ihren angstgelähmten Beinen konnte, zu dem Punkt, wo die Stimme erklungen war. In einer kleinen Mulde lag Gerhard noch ganz außer Atem, aber vollkommen unversehrt. Sie fielen sich beide in die Vorderbeine und weinten viele Mäusetränen. Als sie sich etwas beruhigt hatten, sagte Gerhard, auch ich habe den Schatten des Mäusebussards in letzter Sekunde gesehen, in

Todesangst diesen Pieps ausgestoßen, den du vernommen hast, und bin in totaler Panik so schnell und so weit gelaufen, wie ich nur konnte. Der Vogel jedoch, der vielleicht nicht ganz dicht gewesen ist im Kopf, hat seine Krallen, wie ich Flüchtender gerade noch in meinem Augenwinkel gesehen habe, um ein mausgroßes Stück Holz geschlossen, das direkt neben der Stelle lag, wo ich mich befunden hatte, und hat sich dann mit seiner vermeintlichen Beute wieder in die Luft emporgehoben...

...so dass es mir erschienen ist, als ob er dich in den Krallen halte, ergänzte ungemein erleichtert Gelsomina.

Beide hatten für den Tag genug Abenteuer erlebt, aber nach einer Weile – es wurde langsam dunkel und sie hatten sich auf den Weg zum Parkausgang gemacht – fiel Gelsomina ein, sie wollte Gerhard unbedingt noch eine letzte Sehenswürdigkeit zeigen, die bei den römischen Mäusen sehr beliebt war. Sie fuhren also mit anderen Bussen als auf dem Hinweg zu einem großen Theater unter freiem Himmel, das, wie Gelsomina Gerhard unterwegs erläuterte, schon vor sehr, sehr langer Zeit von den Menschen als eine Art Fitnesspark für Mäuse gebaut worden sei. Gerhard verstand zunächst nicht, was sie damit meinen könnte, und erst als er im Inneren des Theaters, das eigentlich wie eine Art Menschentheater mit vielen von der Bühne am Boden aufwärts steigenden Steinsitzreihen aussah, als er die vielen Mäuse erblickte, die von einer Stufe zur nächsten hüpften und dabei offenbar einen Höllenspaß hatten, begriff er, was sie gemeint hatte. Gerhard war inzwischen zwar hundemüde geworden, denn er hatte ja auch die Nacht zuvor kaum geschlafen, aber er ließ es sich nicht nehmen, ebenfalls einige Male die Steinstufen auf und ab zu springen. Danach, es war jetzt schon sehr spät geworden und sie hatten den ganzen Tag lang kaum etwas gegessen, wäre er vor Hunger und Müdigkeit fast umgefallen, aber Gelsomina konnte es nicht lassen, ihn zu drängen, sie müssten den Zug erwischen, der in einer Stunde losfahre.

Der Zug zurück nach München, fragte Gerhard mit bleierner Stimme.

Nein, der Zug nach Palermo, erwiderte Gelsomina.

Was ist Palermo, wollte er wissen.

Das ist die Hauptstadt von Sizilien.

Und was ist Sizilien?

Eine Insel.

Und wieso soll ich da hin?

Weil du dort jemandem begegnen wirst.

Wem denn?

Das wirst du dann sehen.

Ich will gar nichts mehr sehen. Ich will nur noch etwas essen und dann schlafen.

Komm einfach. Im Zug finden wir bestimmt ein paar Brotkrümel und Käsereste und dann kannst du bis weit in den Morgen hinein schlafen, denn der Zug wird erst gegen Mittag in Palermo ankommen.

Gerhard wusste inzwischen, gegen Gelsomina war Widerrede zwecklos und so schleppte er sich mit seinen letzten Kräften und einem wild knurrenden Magen zurück zur Stazione Termini.

Als er am nächsten Morgen aufwachte, war es wegen eines heftigen Rumpelns und Quietschens, als ob der Zug gerade durch die Eingeweide der Erde fahre. Gerhard machte die Augen auf. Um ihn herum war fast alles dunkel, bis auf eine quadratische Lichtwand hinter ihrem Waggon, wo ein wenig die Morgensonne hineinschien. Sie befanden sich also gerade in einem Tunnel. Das Merkwürdige jedoch war, der Zug fuhr sehr, sehr langsam und kam schließlich ganz zum Stehen. Eine Weile geschah nichts. Dann wurde ein anderer Waggon ebenfalls in Schrittgeschwindigkeit neben ihrem Waggon gestellt. Wie Gerhard sehen konnte, war ihr Zug geteilt worden. Welchem Zweck aber sollte das dienen, wenn ihr Zug mitten in einem Tunnel geteilt wurde? Er weckte Gelsomina und fragte sie, wo sind wir? Was geschieht hier gerade? Sie öffnete noch schläfrig ihre Augen, blickte aus dem Fenster, versuchte die Geräusche, die an ihr Ohr drangen einzuordnen und erklärte schließlich, wir sind auf dem Schiff bzw. der Zug wird gerade in das Fährschiff verladen.

Wir sind auf einem Schiff, entgegnete Gerhard entgeistert und sein Herz hämmerte wie wild.

Was hast du, wollte Gelsomina wissen.

Schon das Wort Schiff versetzt mich in Panik, sagte er mit zitternder Stimme.

Aber du hast mir doch gesagt, deine Heimatstadt Hamburg, sofern sie tatsächlich existiert, was ich immer noch nicht ganz glauben mag, ist eine Hafenstadt. Da sind Schiffe doch etwas ganz Normales.

Das mag ja sein, stotterte Gerhard, aber ich habe einfach Panik vor dem Wasser und bin noch nie auf einem Schiff gewesen.

Irgendwann ist immer das erste Mal, sagte Gelsomina und zuckte mit ihren Mäuseschultern.

Ich werde tausend Tode sterben, wenn ich auf diesem Schiff bleibe, erklärte Gerhard.

Beruhige dich, erwiderte sie.

Ich werde mich nicht beruhigen, schrie Gerhard, ich will runter von diesem Schiff. Ich will keine Sekunde länger hier sein.

In dem Moment merkte Gerhard, dass die Lichtwand, auf die er bisher seine Hoffnungen gesetzt hatte, durch sie wieder an Land zu kommen, kleiner und kleiner wurde, bis sie schließlich ganz verschwunden war.

Was geschieht hier, sagte er in wilder Panik.

Die Schiffklappe wurde gerade geschlossen, erwiderte Gelsomina, als ob diese Tatsache das Natürlichste auf der Welt sei, und ergänzte, wir fahren gleich los. Mach dir nicht in die Hosen, wie die Menschen sagen würden, sondern entspanne dich. Die Überfahrt dauert nicht lange.

Gerhard sagte keinen Ton mehr. Er würde nie wieder ein Wort mit Gelsomina sprechen. Sie hatte überhaupt keine Vorstellung davon, was er gerade für Ängste auszustehen hatte. Sie hatte ihm zwar gesagt, Sizilien sei eine Insel, aber er war davon ausgegangen, der Zug würde über eine kurze Brücke fahren, wie das manchmal auch ein Zug in Deutschland tat, wenn er einen Fluss überqueren musste. Dass der Zug aber auf ein Schiff verladen werden würde, davon hatte Gelsomina nicht eine Silbe gesagt. Es stimmte zwar, er hatte ihr nicht gesagt, wie sehr er sich vor dem Wasser fürchtete, aber empfand nicht jede Maus Panik vor dem offenen Wasser? Nein, das stimmte nicht, denn Gerlinde hatte schon öfters mit dem Schiff in Hamburg eine Hafenrundfahrt gemacht und jedes Mal begeistert davon berichtet. War er also der Obertrottel, der sich lächerlich machte, weil er eine unbegründete Angst vor dem Wasser hatte? In dem Moment fühlte er Gelsominas Nase an seiner Nase und er musste zugeben, er war ihr für diese Geste sehr dankbar. Dass eine andere Maus ihm in dieser Notsituation beistand, fühlte sich wie ein Geschenk des Mäusehimmels an.

Nach einer gefühlten Ewigkeit legte das Schiff in Messina an. Gerhard war heilfroh, dieses entsetzliche Abenteuer überstanden zu haben. Als der Zug endlich wieder auf festem Grund fuhr, atmete er auf, als ob er gerade vom Mars zurückgekehrt sei. Nur der Gedanke, er musste früher oder später wieder von dieser Insel herunter und also nochmal mit dem Schiff fahren, verursachte ihm Magenschmerzen, als ob er gerade drei rohe Knoblauchzehen gegessen hätte.

Palermo war ganz anders als Rom. Viel dunkler, aber die Stadt machte ihm trotzdem großen Eindruck. Die Mäuse hier waren von einer ungemeinen Freundlichkeit und Offenheit gegenüber einer ausländischen Maus wie ihm. Man lud Gelsomina und ihn immer wieder in die Nester von Mäusefamilien ein, deren Vater, Mutter, Tochter oder Sohn sie zufällig auf der Straße begegnet waren. Gerhard war überwältigt von all dieser Gastfreundlichkeit. Sein einziges Bedauern war, Gerlinde, die er von Tag zu Tag mehr vermisste, war bei diesen Begegnungen nicht an seiner Seite. Nach einigen Tagen brachte Gelsomina ihn zu einer uralten Maus, die Wahrsagerin war. Sie war die Maus, wegen der Gelsomina überhaupt mit Gerhard bis nach Palermo hatte fahren wollen.

Die Wahrsagerin hatte gleich gespürt, es zog die deutsche Maus wieder in ihre vertraute Heimat zurück und sie war auch des ständigen Zugreisens leid. Die Wahrsagerin spürte ebenso, es gab da ein Hindernis oder gar zwei, die Gerhard vor seiner Rückkehr nach Hamburg noch überwinden musste, auch wenn sie nicht genau sagen konnte, worin diese Hindernisse bestanden. So sagte sie ganz allgemein, Gerhard müsse seine Ängste besser bewältigen, denn sie hatte wahrgenommen, er hatte vor irgendetwas große Angst; und er müsse lernen, sich noch mehr gegenüber der Welt und gegenüber den schönen Dingen des Lebens zu öffnen, denn die Wahrsagerin hatte in seinen

Augen eine gewisse Seelenverkrampfung gesehen. Für Gerhard hörten sich diese Aussagen wie böhmische Mäusedörfer an, aber Gelsomina, die ihn inzwischen recht gut kannte und wusste, auf welche konkreten Probleme sich die Andeutungen der Wahrsagerin beziehen konnten, ging mit Gerhard noch am selben Abend zum Hafen und schleppte ihn an Bord der Fähre nach Genua. Nach einigen Stunden, in denen Gerhard sich zitternd in eine Ecke gekauert hatte, war er langsam, aber stetig aufgetaut und zum Schluss ausgelassen über das windige Deck gelaufen. Von Genua waren sie mit dem Zug nach Mailand gefahren und Gelsomina hatte Gerhard in eine Verdi-Aufführung in die Scala gezogen, die er sich zunächst widerwillig angehört hatte, deren Zauber er aber zunehmend erlegen war, bis auch er zum Schluss minutenlang mit den Vorderpfoten geklatscht und mit nicht enden wollenden Bravo-Piepsen seiner Begeisterung über einen unvergesslichen Abend Ausdruck verliehen hatte.

Gelsomina brachte Gerhard bis zum Brenner, doch keinen Schritt weiter wollte sie tun, denn sie glaubte noch immer, hier ende die Welt. Auf dem Gleis nach Norden lagen sich die beiden Mäuse lange in den Vorderbeinen, aber schließlich

sprang Gerhard an Bord des Zuges, der wenige
Augenblicke später seine Fahrt fortsetzte.

Meine Freundin Bettina

Mit meiner Freundin teile ich alles. Wir sind ein Herz und eine Seele. Bei unserem letzten Urlaub waren wir mit unserem Mann in Kroatien. Ich nenne Hubertus unseren Mann, obwohl nur ich mit ihm verheiratet bin. Wir hatten einen Camper gemietet, in dem jedoch nur Platz für zwei Einzelbetten war. Unser Mann schlief in einem Zelt, auch weil er nachts so furchtbar schnarchte. Im Übrigen hatten wir auch zuhause zwei getrennte Schlafzimmer für uns drei. Unser Urlaub verlief nicht immer nur harmonisch, weil mein Mann manchmal eifersüchtig war auf die enge Beziehung, die ich mit meiner Freundin habe. Er hätte uns beide gerne nur für sich gehabt, aber vieles teilten eben nur meine Freundin und ich. Wir lasen uns eigentlich an jedem Abend unser Tagebuch vor, das wir in den frühen Morgenstunden, wenn wir uns besonders inspiriert fühlten, geschrieben hatten. Unseren Mann wollten wir dabei natürlich nicht dabeihaben, weil es in unseren Tagebüchern oft um ihn ging. Wenn wir uns nach dem Abendessen – unser Mann ist ein exzellenter Koch – in den Camper zurückzogen, um uns unsere Morgenseiten vorzulesen, und dann oft über die Komik des Aufgeschriebenen lachen mussten, lag unser Mann wie ein begossener Pudel in

seinem Zelt und wusste nicht, was er mit sich anfangen sollte. Wir konnten verstehen, er fühlte
sich ausgeschlossen von unserem kleinen Lese-
kreis, aber wir hatten einfach zu viel Spaß bei dieser Sache, als dass wir bereit gewesen wären, darauf zu verzichten. Je mehr jedoch unser Mann
sich in seine Schmollecke zurückzog, desto sar-
kastischer wurden unsere Morgeneinträge über
ihn und desto mehr mussten wir abends, wenn
wir zwei Frauen es uns in dem Camper gemütlich
gemacht hatten, über ihn lachen. Es war, wie ich
zugeben muss, ein Teufelskreis, der sich immer
weiter verstärkte. Ich glaube, Hubertus konnte
den Urlaub am Ende gar nicht mehr genießen
und hat uns gehasst. Er sehnte sich zurück nach
unserer Wohnung in Paderborn, auch weil er
wusste, zuhause würde das Tagebuch schreiben
und vorlesen ein Ende haben, denn weder meine
Freundin noch ich hatten in unserem normalen
Berufsalltag die Muße, etwas von unserem Leben
schriftlich zu fixieren.

Doch bevor ich mit dem fortfahre, was nach unserer Rückkehr aus Kroatien in Paderborn pas-
sierte, möchte ich noch einen Moment bei diesem
Urlaub verweilen, der ein sehr bedeutender war,
der unser Leben auf den Kopf stellte, was meiner
Freundin und mir aber erst einige Wochen später

richtig bewusst wurde. Mit anderen Worten, wir stellten beide fest, wir waren schwanger.

Es war uns bald klar, die Zeugungen mussten in ein und derselben Nacht erfolgt sein: Meine Freundin hatte einen besonders bösartigen Tagebucheintrag von mir über Hubertus, den ich ihr gerade vorgelesen hatte, dazu genutzt, uns beiden einmal ordentlich ins Gewissen zu reden, wie schlecht wir Hubertus behandelten, was ich in dem Moment aber gar nicht einsehen wollte. Nach diesem Streit hatte sich Bettina noch an den Strand begeben, um sich zu beruhigen.

Hubertus aber hatte sofort seine Chance gewittert und war zu mir in den Camper gekommen. Ich war in dem Moment noch sehr aufgebracht und muss meinen Mann mit den Augen eines Stiers vor dem roten Tuch angesehen haben. Er aber entwaffnete mich mit seinem zarten, liebevollen Blick, den er jedes Mal anwendet, wenn ich besonders wütend bin, und gegen den ich einfach machtlos bin. Auch jetzt fiel meine ganze Wut auf Bettina in sich zusammen und verwandelte sich in eine Energie, mit der ich Hubertus an mich heranzog und ihn in mich hineinsog.

Als wir ermattet auf meiner schmalen Matratze lagen, denn es war trotz der späten Stunde noch sehr warm, kam mir auf einmal in den Sinn, was mit Bettina sei. Ich schreckte hoch und wollte zum Strand eilen, obwohl ich todmüde war nach diesem *Kraftakt*. Mit seiner sanften, einlullenden Stimme meinte Hubertus, ich solle mich ausruhen. Er werde an den Strand gehen und nach Bettina schauen. Seine Worte beruhigten mich und waren wie ein Schlaflied für mich. Als ich am nächsten Morgen in einem wundervollen Traum den Geruch von Kaffee in meiner Nase vernahm und davon aufwachte, stand ich mit noch verschlafenen Augen auf und schaute aus der offenen Campertür hinaus. Bettina und Hubertus saßen bereits am Frühstückstisch und lächelten mich an. Noch in meinem Pyjama – Hubertus musste ihn mir in der Nacht angezogen haben, bevor er zum Strand aufgebrochen war – setzte ich mich zu ihnen. Hubertus goss mir Kaffee ein. Er hatte im Dorf bereits Brötchen geholt. Ich entsinne mich, der Kaffee, die Brötchen, der Käse, die Wurst, die Marmelade schmeckten an diesem Morgen so intensiv, als ob ich diese Dinge alle zum ersten Mal gekostet hätte.

Weder Bettina noch ich schrieben in unseren Tagebüchern, was in dieser Nacht passiert war, vielleicht weil es zu persönlich war, so dass wir uns nicht trauten, es voreinander einzugestehen. Als wir jedoch beide entdeckt hatten, dass wir

schwanger waren, war unser erster Gedanke, es
der anderen mitzuteilen. Wir wussten zunächst
nicht, ob wir uns über diese Tatsache freuen sollten oder nicht. Ein Kind war weder Teil von Bet-
tinas noch meiner Lebensplanung gewesen, aber
eine Abtreibung kam für uns auch nicht infrage.
Wir waren erstmal sauer auf Hubertus, dass er
seinen Samen so unkontrolliert in uns hineinge-
spritzt hatte, aber wir hatten ja schon seit längerem das Gefühl, er sei nicht unbedingt ein verant-
wortungsbewusster Mann. Er kam uns eher wie
ein kleiner Teufel vor, der uns in eine verzwickte
Lage gebracht hatte. Zur Strafe für seine doppelte
Untat sagten wir ihm zwei Monate nichts über
unsere Schwangerschaft. Wir merkten, er ahnte
allmählich, dass etwas im Busch lag, und doch ge-
nossen wir es, ihn im Unklaren zu lassen. Wir
selbst gewöhnten uns immer mehr an diesen unseren neuen Zustand und fanden es großartig,
dass nur wir beide darüber Bescheid wussten und
dass uns kein Mann dazwischenquatschte und
uns mit seinen Pseudoweisheiten zulaberte. Am
ersten Advent, als die Kolleginnen auf der Arbeit
schon anfingen, uns etwas schräg anzusehen, teilten wir es Hubertus schließlich mit. Wie soll man
seine Reaktion beschreiben? Es war eine Mischung aus übergroßer Freude, dass er Vater

wurde, aus Entsetzen, was da für eine riesengroße Aufgabe und ungeheure Verantwortung auf ihn zukam, aus Scham, dass wir ihn als eine Art Pascha ansehen mochten, der nach Belieben gleich mehrere Frauen seines Harems schwängerte und aber auch aus verhohlenem Stolz, dass ihm ein solches Gaunerstück geglückt war, das er sich in seinen kühnsten Träumen vielleicht schon seit langer Zeit ausgemalt hatte. Ich muss zugeben, von diesem Moment an gab er sich die größte Mühe, all unsere – und waren sie noch so extravagant – Wünsche zu erfüllen. Wir mussten ihm sagen, er solle sich nicht schon jetzt total verausgaben, die eigentliche Herausforderung stehe ihm nämlich noch bevor, wenn er sich dann 18 Jahre um die beiden Kinder werde kümmern müssen, denn es war Bettina und mir von Anfang an klar, wir würden nach einer kurzen Babypause unsere Arbeit fortsetzen und auch nicht in Teilzeit gehen, sondern es werde Hubertus sein, der einen Großteil der täglichen Erziehungsarbeit übernehmen würde, auch wenn er dafür einen Beruf aufgeben musste, der ihm sehr am Herzen lag. Er war Steuerberater und verdiente fast mehr als wir.

Zu Ostern, das dieses Jahr früh lag, hatten Bettina und ich schon dicke Bäuche. Seitdem diese sichtbar geworden waren, war es zu einigem

Gemunkel in unserem Freundes- und Bekanntenkreis gekommen, denn unsere *Menage à trois* war stadtbekannt und diese doppelte Schwangerschaft war in den Augen der Paderborner ein Skandal, wie man ihn hier schon seit einer Weile nicht mehr erlebt hatte. Besonders Hubertus wurde in der Öffentlichkeit zunehmend gemieden. Er fragte uns, ob für uns ein Umzug in eine liberalere Großstadt infrage käme, aber weder Bettina noch ich wollten unsere gutdotierten Stellen hier aufgeben. Wir hatten uns an unseren Arbeitsplätzen aus relativ bescheidenen Anfängen in eine recht gehobene Stellung hochgearbeitet. In einer anderen Stadt hätten wir von vorne beginnen müssen. Wir sagten Hubertus, das Gerede werde sich auch wieder beruhigen. Die Paderborner seien keine Unmenschen. Wir merkten jedoch, Hubertus war durch diesen unsäglichen Tratsch unsicherer und ängstlicher geworden. Vielleicht war das der Grund, wieso er seine Tätigkeit als Steuerberater, also als halböffentliche Person, aufgab und sich nunmehr gänzlich der entstehenden Familie widmete. Für unsere beiden Töchter, denn wir hatten inzwischen erfahren, wir trugen zwei Mädchen in uns, kaufte er einen Kinderwagen für Zwillinge und alle möglichen anderen Dinge, die die beiden Neugeborenen brauchen würden. Hubertus las sich in die Fachliteratur über Babys ein und gab uns tausenderlei Tipps, was wir vor, während und nach der Geburt zu beachten hätten. Wir fanden das ziemlich drollig, aber wir ließen Hubertus gewähren und einige seiner angelesenen Hinweise sollten sich tatsächlich als recht hilfreich erweisen.

Ostern feierten wir das letzte Mal nur zu dritt. Hubertus hatte einen wunderbaren Käsekuchen gebacken und den Ostertisch mit allen möglichen Schokoeiern und Schokohasen geschmückt. Wir waren begeistert. Durch all seinen unermüdlichen Einsatz hatte uns Hubertus in den letzten Monaten gezeigt, er konnte doch Verantwortung übernehmen. Seine Unterstützung war uns während der Schwangerschaft eine kaum zu überschätzende Hilfe. Wir fingen an, nahezu stolz auf ihn zu sein, auch wenn die Außenwelt ihn immer mehr mit Verachtung strafte, weil er als verruchter Polygamist angesehen wurde.

Unsere Gebärtermine rückten immer näher. Hubertus wurde von Tag zu Tag nervöser, als ob *er* ein Kind auf die Welt bringen müsse und nicht wir. Bettina und ich hingegen waren die Ruhe selbst. Hubertus hatte uns so verwöhnt, dass wir irgendwie glaubten, nichts in der Welt könne uns etwas anhaben. Trotzdem waren wir froh, als wir unsere dicken Bäuche nicht mehr mit uns herumtragen mussten. Bei mir war die Geburt innerhalb von 90 Minuten erfolgt. Roberta kam um kurz vor Mitternacht zur Welt. Hubertus, der mir während der Geburt die ganze Zeit die Hand gehalten hatte, sah seine erste Tochter mit seligen Blicken an, als ob sie ein Geschenk von einem anderen Stern wäre. Lange konnte er an unserer Seite nicht verweilen, da Bettina bereits im Kreißsaal nebenan lag und so laut schrie, dass ihr Schreien bis zu uns drang und mir angst und bange wurde. Hubertus eilte zu ihr. Bei ihr dauerte es eine ganze Weile, bis unser Mann mich weckte und sagte, auch Hilde sei jetzt da. Er wirkte fast noch glücklicher als bei der Geburt von Roberta, was mir einen Stich der Eifersucht versetzte. Würde Hubertus, der während unserer Schwangerschaft sonst immer sehr auf Gerechtigkeit geachtet hatte, wenn er entweder für mich oder für Bettina etwas getan hatte, würde er Hilde gegenüber Roberta bevorzugen? Mich packte in diesem Moment eine Eifersucht, eine Wut, wenn nicht gar ein Hass auf Bettina, der mir grenzenlos schien. Ich hätte nie gedacht, ich könnte einmal wünschen, einen anderen Menschen umzubringen. Ich stellte mich schlafend, um Hubertus nicht meine Gefühle zu zeigen. Als er sah, dass ich eingeschlafen zu sein schien, ging er sofort wieder zu Bettina und Hilde, was meine Eifersucht nur noch bestätigte. Ich machte mir in den folgenden schlaflosen Stunden klar, ich litt seit Jahren unter der Diktatur von Bettina. Immer wieder hatte sie vorgegeben, wo unser Weg langführen sollte. Sie hatte gesagt, wir sollten nach Paderborn ziehen, obwohl ich lieber in meiner Studienstadt geblieben wäre; sie hatte die Idee gehabt, dass wir uns aus unseren Tagebüchern vorläsen, obwohl mir der Gedanke, ihr meine intimsten Gedanken zu offenbaren, anfangs hochpeinlich gewesen war; sie hatte die Idee gehabt, einen Camper zu mieten und nach Kroatien zu fahren, obwohl ich die Enge eines solchen Fahrzeugs als bedrohlich empfand und ich einen gewissen Widerwillen gegen die Länder des ehemaligen Jugoslawien hege. Immer wieder hatte sich Bettina durchgesetzt, als ob sie und nicht ich die Ehefrau von Hubertus sei.

Ich konnte Bettina in unserer Wohnung nicht länger ertragen, sie musste ausziehen. Wenn sie sich weigerte, würde ich zu anderen Mitteln greifen. Über all die Jahre hatte ich mir eingebildet, ich sei eine glückliche Frau in einer ungewöhnlichen, aber wenigstens zwischen Bettina und mir sehr harmonischen Dreierbeziehung. Offenbar, wie ich mir jetzt auf dramatische Weise klarmachte, war das keineswegs der Fall. Es taten sich Abgründe vor mir auf, von deren Existenz ich bis zur Geburt von Roberta nichts geahnt zu haben schien. Die Vorstellung, Hubertus auch in Zukunft mit Bettina teilen zu müssen, war mir plötzlich ein Horror, der mich von Augenblick zu Augenblick mehr aufwühlte. Erst in den frühen Morgenstunden beruhigte ich mich etwas. Vorerst würde ich gute Miene zum bösen Spiel machen müssen. Ich durfte diesen Wandel meiner Gefühle momentan noch niemandem offenbaren, bis ich mir genau überlegt hätte, wie ich vorgehen wollte. Ich verspürte Angst und durfte sie nicht zeigen. Sorgen bereitete mir vor allem, dass wir die Geburt unserer Töchter beim Standesamt anmelden mussten. Wir hatten seit langem vereinbart, dass wir dort gemeinsam hingehen wollten. Ohne triftigen Grund konnte ich diesen Dreiertermin nicht absagen. Spätestens zu diesem Zeitpunkt würde ich Bettina also wiedersehen.

Zwei Tage später gingen Hubertus und ich zum Standesamt, um die Geburt von Roberta anzuzeigen. Bettina hatte eine WhatsApp geschrieben, sie müsse noch das Auto in der Tiefgarage parken und werde gleich zu uns stoßen. Ich hatte große Angst vor dieser Wiederbegegnung.

Der Standesbeamte fragte mich nach meinem Namen.

Ich heiße Bettina, sagte ich, und nannte auch meinen Nachnamen.

Ihre Freundin hat den gleichen Namen wie Sie, wie Sie mir bereits am Telefon sagten, meinte der Beamte.

Das stimmt, sagte ich.

Sie sind aber nicht Schwestern oder sonst miteinander verwandt, fragte er.

Nein, das sind wir nicht, erwiderte ich.

Das ist kurios, erklärte der Beamte. Apropos, wo bleibt Ihre Freundin denn?

Sie musste noch das Auto parken und wird sicherlich gleich eintreffen.

Es vergingen einige Minuten, in denen wir uns verlegen anschwiegen, bis der Beamte nochmal in seine vor ihm liegende Papiere schaute. Er wirkte plötzlich sehr erstaunt, verließ den Raum und kam erst nach einiger Zeit wieder.

Er blickte uns an und erklärte mit verlegener Stimme, leider kann ich die Unterlagen von Ihrer Freundin nicht finden. Ich dachte, mein Mitarbeiter hätte auch sie für mich ausgedruckt, aber das war nicht der Fall, wie ich gerade zu meinem Erstaunen feststellen musste. Ich bin jetzt zu meinem Mitarbeiter gegangen und wir haben in sämtlichen Winkeln unseres Computersystems nachgeschaut, aber wir konnten keine zweite Bettina mit Ihrem Nachnamen finden.

Ich bin sicher, erklärte ich, sie wird in wenigen Augenblicken hier eintreffen und das Missverständnis aufklären können. Sie hat früher mal in einer anderen Stadt gelebt. Vielleicht hat sie sich nie umgemeldet.

Da die beiden Töchter, erklärte der Standesbeamte, ja auch von demselben Vater sind – ein Fall, der mir so auch noch nicht untergekommen ist – hatten Sie den Wunsch geäußert, dass wir Ihre beiden Töchter zum gleichen Zeitpunkt in das Geburtsregister aufnehmen, aber mir läuft langsam die Zeit davon. Das nächste Elternpaar steht bereits vor der Tür und wir haben einen Ruf als stets pünktliche Behörde zu verteidigen.

Mit stiller Erleichterung willigte ich ein, dass wir Roberta zuerst ins Geburtsregister eintragen ließen. Als wir fertig waren, war Bettina noch immer nicht erschienen. Der Beamte erklärte, mit großem Bedauern müsse er uns bitten zu gehen. Meine Freundin und Hubertus würden aber sicherlich zeitnah einen neuen Termin bekommen. Bei der erneuten Erwähnung seines Namens und als wir schon aufstehen und gehen wollten, meldete sich Hubertus zu Wort, der die ganze Zeit fast nichts gesagt hatte, und erklärte in einem Ton, als ob er etwas sehr Wichtiges zu verkünden habe, ich habe die ganze Zeit geschwiegen und hätte vielleicht eher etwas sagen sollen. Hubertus räusperte sich, weil es ihm sehr schwer zu fallen schien, das zu sagen, was er sagen wollte: Es gibt keine zweite Bettina und er nannte unseren Nachnamen. Meine Frau leidet unter Halluzinationen. Sie denkt, sie hat eine enge Freundin, die mit uns in der Wohnung lebt, mit der sie das Bett teilt und mit der ich sogar ein Kind gezeugt haben soll, aber eine solche Freundin hat es nie gegeben. Diese Freundin ist eine pure Einbildung meiner Frau. Ich sage ihr seit Jahren, sie soll sich in Behandlung begeben, aber sie will nichts davon wissen. Ich bin vollkommen verzweifelt und weiß nicht, was ich machen soll.

Ich verstehe, sagte der Beamte, der Hubertus mit Verwunderung, wenn nicht gar einer Mischung aus Entsetzen und Grauen, aber auch tiefempfundenem Mitgefühl mit mir und ihm zugehört hatte, und der Mann wandte sich jetzt an mich: Es steht mir eigentlich nicht zu, Ihnen etwas zu Ihrer Lebensführung zu sagen, aber vielleicht sollten Sie dem Ratschlag Ihres Mannes folgen und eine Therapie anfangen.

Bei den Worten von Hubertus und auch bei denen des Standesbeamten war ich puterrot geworden. Sie schienen mit vereinten Kräften, wenn nicht gar mit einer Art Zangengriff einen Punkt in meiner Seele angegriffen zu haben, der sich der Realität bisher beharrlich verweigert hatte. Ich wollte etwas sagen, aber in meinem Hals stieg ein gewaltiger Kloß hoch und Augenblicke später kam aus meinen Augen ein brennender Tränenfluss, dem ich mich immer mehr ergab. Hubertus nahm mich in die Arme, drückte mich an sich und auch auf seinen Wangen flossen Salztropfen herab. Nachdem wir uns auf diese Weise minutenlang ausgeheult hatten, übermannte mich ein Gefühl großer Erleichterung: Hubertus hatte über mein inneres Phantom bisher immer nur in Andeutungen gesprochen und mich jetzt durch seine unmissverständlichen Worte stark aufgewühlt; der Standesbeamte wiederum verkörperte für mich durch seine präzise und ruhige Art die geballte Macht der Staatsautorität und die gemeinsame Kraft dieser beiden Männer hatte mich nach Jahren beinahe unmerklichen, aber zehrenden Leidens soeben von einer immer unerträglicher gewordenen Tyrannei befreit.

Herr Geiger

In einem altehrwürdigen Steglitzer Anwaltsbüro habe ich vor kurzem meine Ausbildung zur Rechtsanwaltsgehilfin begonnen. Meine Vorgängerin ist vor einem Monat in Rente gegangen. Sie kannte jede Akte der letzten vierzig Jahre in- und auswendig. Eigentlich hat sie den Laden geschmissen. Sagt sie zumindest. Der Rechtsanwalt, ein alter dicker Mann, hat immer nur die Schriftstücke, die sie ihm vorlegte, unterzeichnet. Das Gleiche erwartet er von mir, aber ich bin noch eine blutige Anfängerin in diesem juristischen Geschäft und weiß oft weder ein noch aus. Ich sitze meist bis spät in den Abend hier, um wenigstens zwei oder drei der anfallenden Briefe in halbwegs anständiger Formulierung zu verfassen. Mich plagen Schuldgefühle, ich könnte etwas Falsches schreiben, was meinen Chef in große Schwierigkeiten bringen würde, doch ist bisher nichts dergleichen geschehen, als ob ein guter Geist seine Hand über mich hält und mich beschützt.

Dr. Jürgen Klinkermann hat dieses Büro von seinem Vater geerbt, der es wiederum von seinem Vater übertragen bekommen hat. Vater und Großvater von Herrn Klinkermann sollen sehr streng gewesen sein zu ihren Untergebenen, aber wenigstens einen Großteil des eigentlichen Schriftverkehrs noch selbst verfasst haben, während man sich bei meinem Chef wundert, dass er überhaupt einen Doktortitel besitzt, weil er sich angeblich schon seit vielen Jahren nur noch dem Nichtstun als seiner eigentlichen Arbeit verpflichtet fühlt. Trotzdem hat das Anwaltsbüro in den letzten 30 Jahren, seitdem Herr Klinkermann es von seinem Vater Wilhelm übernommen hat, kaum einen Prozess verloren. Meine Vorgängerin ließ bei unserem einzigen Gespräch an ihrem letzten Arbeitstag durchblicken, das sei vor allem ihr Verdienst, aber obwohl ich mit meinen 18 Jahren noch nicht über so viel Menschenkenntnis verfüge, zweifle ich etwas an ihrer Aussage, denn sie wirkte auf mich wie eine Frau, die den Wust an Normen und Modellsentenzen, aus denen die heutige Rechtsprechung besteht, zwar bis auf ihren letzten Buchstaben alle kennt, ihren Sinn und ihre praktische Anwendbarkeit auf neue Prozesse aber nicht unbedingt verstanden hat. Ich bin nach wenigen Wochen in dieser Praxis schon zu der Meinung gekommen, es bedarf in der Rechtspflege auch einer Prise Fantasie, um einen Prozess erfolgreich zu Ende zu führen. Herr Dr. Klinkermann scheint das ähnlich zu sehen, denn er hat meine Schriftstücke, die ich ihm vorlege, schon ein paar Mal gelobt und sie bisher alle anstandslos unterzeichnet. Irgendwie werde ich das Gefühl nicht los, die lange Tradition dieser Praxis bildet ein immaterielles Erbe, das selbst von einem Faulenzer wie meinem Chef nicht zugrunde gerichtet werden wird. Insofern bin ich fast ein bisschen stolz, hier zu arbeiten, auch wenn ich mit der vielen Arbeit von Anfang an sehr in Rückstand geraten bin.

Ich habe vom immateriellen Erbe gesprochen, das dieses Büro besitzt. Wenn ich manchmal während meiner kurzen Mittagspause, bei der ich ein mitgebrachtes belegtes Brötchen mit einem gekochten Ei verzehre und dazu schwarzen Tee aus einer Thermoskanne trinke, wenn mein Blick während dieser Pause die hohen, dunkelbraunen Regalreihen mit ihren unendlich vielen Aktenordnern zur Decke mit den kunstvollen Stuckverzierungen hochwandert, werde ich von einer Empfindung der Ehrfurcht erfasst, die nur dadurch abgemildert wird, dass all diese Regale einmal dringend abgestaubt und abgewischt gehörten. Ich kann mich andererseits des Eindrucks nicht erwehren, ich werde bei der Arbeit beobachtet, auch wenn es hier weder Überwachungskameras noch um diese Uhrzeit sonst jemanden gibt, denn der Rechtsanwalt verlässt die Praxis bereits um drei

Uhr nachmittags. Zudem ist mir heute Morgen etwas sehr Merkwürdiges passiert: Ich hatte am Vorabend meinem Chef einige Schriftstücke – um genau zu sein, es waren fünf gewesen – in einer Mappe zur Unterschrift auf seinen Schreibtisch gelegt. Als ich heute Morgen nochmal nachschaute, um mich zu vergewissern, dass ich den tschechischen Namen eines unserer Klienten auch mit dem richtigen Akzent geschrieben hatte, stellte ich fest, die ganze Unterschriftenmappe war mit Schriftstücken gefüllt, die ich eigentlich erst in den nächsten Tagen hatte verfassen wollen. Ich bekam einen Riesenschrecken, denn auf jeden Fall hatte sich während der Nacht jemand Zutritt zu dem Anwaltsbüro und auch Zugang zu allen Akten verschafft, um die es bei diesen Schriftstücken ging.

Meine Hand zitterte, als ich die Nummer meiner Vorgängerin wählte. Sie hatte mir gesagt, ich dürfe sie in einem Notfall, wie dieser offensichtlich einer war, anrufen. Zum Glück hob sie bereits nach dem dritten Klingeln ab. Als ich ihr geschildert hatte, was vorgefallen war, musste sie laut und lange lachen. Angesichts des Ernstes der Lage fühlte ich mich verhohnepiepelt und hätte fast wieder aufgelegt. Nach etwa einer Minute hatte sich meine Vorgängerin offenbar wieder gefasst und sagte, das war offenbar Herr Geiger, aber bevor ich fragen konnte, wer Herr Geiger sei, bekam sie einen neuen Lachanfall und ich legte auf.

Seitdem grübele ich, wer Herr Geiger ist. Mir sind tausend Möglichkeiten durch den Kopf gegangen, aber keine scheint mir wirklich plausibel. Nach dem Telefonat habe ich die Unterschriftenmappe nochmal an mich genommen, aber ich konnte in all den Briefen keinen einzigen Fehler entdecken. Sie waren tadellos geschrieben. Nur die verwendete deutsche Sprache klang etwas altmodisch.

Wenn es jedoch tatsächlich Herr Geiger gewesen ist, der diese Schriftstücke verfasst hat, so muss ich ihm dankbar sein für seine Hilfe, die es mir erlaubt hätte, an diesem Tag vielleicht etwas eher nach Hause zu gehen, doch irgendwie hat mich der Ehrgeiz gepackt, noch mehr von meinem Rückstand abzuarbeiten und so ist es inzwischen Freitagabend geworden und ich sitze immer noch hier. Ich bearbeite gerade einen besonders schwierigen Schachtelsatz, als eine Stimme in meinem Rücken sagt, ich würde aus einem solchen Satzungetüm zwei, wenn nicht gar drei Sätze machen. Das liest sich einfach verständlicher. Ich mache vor Schrecken einen Satz in meinem Bürostuhl und mein Herz rast wie wild. Obwohl ich instinktiv denke, meine letzte Stunde hat geschlagen und der Mörder wird mich gleich erstechen, ist die Stimme eigentlich sanft und fast fürsorglich gewesen. Ich nehme all meinen Mut zusammen und drehe mich um, aber da ist niemand.

Erschrecken Sie sich nicht, sagt die Stimme wieder, Ihre Vorgängerin hat Ihnen heute Morgen von mir erzählt. Ich bin Herr Geiger.

Sie sind also Herr Geiger, stottere ich. Wo haben Sie sich denn versteckt? Ich sehe Sie nicht.

Entschuldigen Sie, sagt die Stimme, ich vergesse immer wieder, Ihr Menschen könnt einen Geist erst nach längerer Bekanntschaft sehen. Für Ihre Vorgängerin habe ich mich totschuften müssen, weil ihre Vorlagen leider Gottes immer voller Rechtschreib- und Zeichensetzungsfehler waren und viele ihrer Formulierungen zeugten von einer schwachen Durchdringung der juristischen Materie. Sie konnte mich aber zum Schluss fast wie einen normalen Menschen sehen. Sie hat sich jedoch immer lustig über mich gemacht, weil ich ein bisschen wie der Glöckner von Nôtre Dame aussehe. Die Stimme von Herrn Geiger hat so einen weichen und milden Ton, dass ich mich zunehmend beruhige und ihn frage, und woher haben Sie denn Ihren krummen Rücken?

Ich habe vierzig Jahre, fängt er an zu erzählen, als Rechtsanwaltsgehilfe für Dr. Wilhelm Klinkermann gearbeitet, den Vater von dem jetzigen Rechtsanwalt. Ich habe mich in dieser Tätigkeit aufgerieben und habe viele, viele Abende und sogar Nächte hier über die richtigen Sätze gebrütet, die man einem Klienten oder dem Gericht oder dem gegnerischen Anwalt schreiben konnte. Ich habe mich genauso in die Arbeit gestürzt, wie Sie das gerade tun, weil ich diese Arbeit als spannend und vielseitig empfand, weil Dr. Wilhelm Klinkermann zwar streng, aber auch ein liberaler Mensch war, der nicht nur die Gesetzesparagraphen kannte, sondern auch ein Gespür für die Menschen hatte, um die es in diesen Prozessen ging.

Ich bin gerührt von dem, was Herr Geiger mir so offenherzig erzählt, und füge meinerseits hinzu, und weil Ihr Rücken von der ganzen Arbeit krumm geworden ist, möchten Sie mich warnen, es mit meinem Arbeitseifer nicht zu übertreiben? Der krumme Rücken ist gar nicht mal das Schlimmste, erwidert Herr Geiger, sondern wenn man merkt, man ist aus Enttäuschung über faule oder nachlässige Kollegen oder aus unausgesprochener Wut gegenüber einem Vorgesetzten bitter und unversöhnlich geworden, dann ist das einfach unschön.

Entschuldigen Sie, wenn ich Ihnen eine solche dumme Frage stelle, sage ich, aber geht es Ihnen als Geist immer noch so schlecht?

Nein, man gewinnt mit dem Tod eine größere Gelassenheit. Gerade die körperlichen Schmerzen, die einen im Alter so geplagt haben, tun nicht mehr weh. Auch die seelischen Schmerzen lassen nach, aber über die Dummheit der Menschen, darüber, dass sie immer wieder die gleichen Fehler begehen, kann ich mich immer noch sehr aufregen. Doch ich habe gelernt, mich über die kleinen Dinge des Alltags zu freuen, die mir oder anderen gelingen. Sie zum Beispiel sind ein Zugewinn für diese Anwaltspraxis. Sie zeigen Engagement, Sie verstehen etwas von der juristischen Materie, Sie haben Talent. Das ist einfach erfreulich. Deshalb habe ich mich auch gestern Nacht entschlossen, Ihnen unter die Arme zu greifen und die Unterschriftenmappe zu vervollständigen.

Ich danke Ihnen sehr dafür, sage ich, auch wenn ich erst einen ziemlichen Schrecken bekommen habe, wer sich hier in die Praxis eingeschlichen haben könnte.

Das hat mir auch sehr leid getan, dass Sie sich so erschrocken haben. Ihre Vorgängerin hätte Sie warnen sollen, aber sie hat einen gewissen Spaß daran, andere im Unklaren zu lassen über das, was hier vor sich geht. Lassen Sie sich von einem solchen Verhalten nicht entmutigen, fügt der Geist hinzu. Man kann die Menschen nicht nur nach einer schlechten Eigenschaft beurteilen, denn eigentlich war Ihre Vorgängerin eine ganz patente Person, auch wenn ich mir von Ihnen mehr verspreche.

Schlafen Sie denn nie, Herr Geiger, frage ich, um ihm nicht mein Erröten wegen dieses Lobes zu zeigen.

Schlaf ist in meinem Zustand unnötig. Ich bestehe doch aus Nichts. Also muss ich mich im Schlaf auch nicht regenerieren. Doch Sie brauchen Ihren Schlaf noch und zwar ausreichend. Ich schlage Ihnen vor, Sie gehen jetzt nach Hause und lassen Ihren Freund Cem nicht länger warten.

Woher wissen Sie seinen Namen, frage ich erstaunt.

Sie haben gerade an ihn gedacht.

Ich erröte erneut. Sie können sogar in meinen Gedanken lesen? Habe ich also keine Geheimnisse vor Ihnen? Sie sind ja der Alptraum jedes Datenschutzbeauftragten, scherze ich.

Das hat mir auch noch niemand gesagt, lacht Herr Geiger, aber auf meine Frage geht er nicht ein. Ich werde, sagt er noch, übers Wochenende durcharbeiten, damit Sie am Montagmorgen Ihren Rückstand aufgeholt haben.

Ich weiß nicht, was ich dazu sagen soll, aber ich bin nach diesem langen und außergewöhnlichen Gespräch sehr müde geworden und sehne mich danach, von Cem in den Schlaf gewiegt zu werden, als ich plötzlich eine krächzende Frauenstimme vernehme, die ebenfalls aus dem Nichts zu kommen scheint:

Lassen Sie die arme junge Frau doch in Ruhe mit Ihrem ganzen vermeintlichen Wissen. Sie geben an wie zehn schnatternde Gänse, anstatt auch mal die Klappe zu halten und diese junge Frau einfach machen zu lassen, wie ihr der Sinn danach steht. Tun Sie außerdem nicht immer so hilfsbereit, als ob die Welt nicht ohne Sie auskommen könnte.

Seien Sie bitte ruhig, Frau Specht. Sie stören unsere Kreise, erwidert der hörbar verärgerte Herr Geiger.

Was für Kreise, herrscht Frau Specht ihn an. Bei Ihnen sind es immer nur Zweierkreise. Uns beziehen Sie nie ein in Ihre Unterhaltungen mit dem Büropersonal.

Gibt es hier denn noch andere Bürogeister, frage ich, die ich plötzlich wieder hellwach bin von dieser unerwarteten Wendung.

Ja, mich, höre ich eine schwache Stimme, die auf der Deckenlampe zu sitzen scheint.

Drei Bürogeister in einer so kleinen Kanzlei! Das kann ja lustig werden, rufe ich erstaunt. Ich muss zugeben, denke ich, Frau Specht hat nicht ganz Unrecht. Auch ich habe mich von dem Eindringen von Herrn Geiger in meine Arbeit und meine Gedanken zuletzt etwas irritiert gefühlt.

Ich fühle deutlich, dass Herr Geiger mit den beiden anderen Geistern und auch mit mir schmollt. Plötzlich jedoch platzt es aus ihm heraus, Sie, Frau Specht, waren ja auch nur eine dumme Putzfrau und kennen bei Rechtsfragen nicht mal den Unterschied zwischen Totschlag und Mord. Ja, Sie haben von Ihrer Tätigkeit unmenschliche Rückenschmerzen bekommen, sind an Ihrem letzten Arbeitstag vor Ihrer Frühverrentung auf dem nassen Fußboden ausgerutscht und haben sich dabei so schwer verletzt, dass Sie nach einer Woche im Klinikum Steglitz gestorben sind, aber ich habe Ihnen damals oft gesagt, durch eine bessere Körperhaltung bei der Arbeit hätten Sie einen Großteil Ihrer Rückenschmerzen vermeiden können, während Sie, Herr Catano, nur ein aufgebrachter Kleinkrimineller waren, den die Polizei in diesem Anwaltsbüro aus Versehen erschossen hat, weil die damalige und schon zu jener Zeit extrem kurzsichtige Rechtsanwaltsgehilfin die leere Redbull-Dose, mit der Sie unbedachterweise herumfuchtelten, während Sie Ihr eigentlich lächerliches Anliegen vorbrachten, fälschlicherweise für eine Granate gehalten hat. so dass sie, von einer panischen Angst um ihr Leben ergriffen, das SEK alarmiert hat.

Ich kann Sie, Frau Bey, fügt Herr Geiger schließlich hinzu, vor diesen beiden unzuverlässigen und unkultivierten Geistergesellen nur warnen. Hüten Sie sich vor ihnen.

Einen Moment herrscht nach diesen Aussagen von Herrn Geiger absolute Stille und auch ich halte den Atem an. Eigentlich hatte Herr Geiger zunächst einen wunderbaren Eindruck auf mich gemacht, aber spätestens nachdem er Frau Specht und Herrn Catano, die für ihr schweres Schicksal wahrlich nichts können, mit einer solchen Verachtung behandelt hat, will ich nichts mehr mit ihm zu tun haben.

Ich bin noch immer von diesen Gedanken ergriffen, als ich plötzlich einen herzzerreißenden Schrei vernehme, der nur aus Herrn Geigers Geisterkehle stammen kann. Offenbar haben sich Frau Specht und Herr Catano auf ihn gestürzt und verprügeln ihn nach Strich und Faden. Ich höre noch, wie sie ihm in sein Geisterohr

schreien, und du Dreckskerl hast deine Frau erschossen, weil sie mit einem anderen Mann ein
Verhältnis eingegangen ist, da du nie zuhause
warst und immer nur an deine Scheißarbeit gedacht hast. Und dann hat dich ihr Liebhaber hier
in der Kanzlei erschossen, als du, vollkommen
ungerührt von deiner schändlichen Tat, immer
noch weitere Schriftstücke aufgesetzt hast. Ist das
etwa ein glorreicher Tod, du blöder Halunke?

Ich aber packe endlich meine Tasche, denn ich
sehne mich nach nichts anderem, als mich nach
einem solchen Tag in den Armen von Cem aus-
zuheulen. Außerdem bin ich todmüde. Doch bevor ich die Kanzlei verlasse, schalte ich nochmal
den Computer an, verfasse mein fristloses Kündigungsschreiben, drucke es aus, unterschreibe es
und lege es Dr. Klinkermann auf den Schreibtisch. Diese ganze verlogene Rechtspflege kann
mich mal.

Doch nachdem ich Cem wirklich jede Einzelheit
dieses schrecklichen Tages gebeichtet habe und er
dazu nur gesagt hat, so ist das Büroleben nun mal,
und nachdem ich drei Nächte über diese ganzen
Erlebnisse geschlafen habe und zu der Schlussfol-
gerung gekommen bin, in dem Anwaltsbüro wird
mir auf jeden Fall nicht langweilig werden, gehe

ich am Montagmorgen frühzeitig in die Kanzlei, bevor Herr Dr. Klinkermann eintrifft, lasse das Kündigungsschreiben auf seinem Schreibtisch im Reißwolf verschwinden und mache mich an die Arbeit.

Inhaltsverzeichnis

Die Geburt 7

Die unsichtbare Hand 11

Einen Knall haben 17

Die Platzreservierung 22

kill your darlings 28

Mein Spiegelbild 33

Der Dschungelspielplatz 39

Der Straßengänger 45

Tödliche Schüsse 49

Die vergessliche Geschichte 54

Die Schallplatte 59

Griechischer Wein 75

Transparenz 85

Der Springer 96

Eine finnische Zeit 101

Die Uhr 149

Der Violinist 164

Der Luftreiniger 183

Gerhards Reise 194

Meine Freundin Bettina   231

Herr Geiger   246